Pandora Shocking Paperback

8

*Della stessa autrice*

DOMANI TI PERDONO
SCEGLI ME

ALESSANDRA APPIANO

# AMICHE DI SALVATAGGIO

SPERLING
PAPERBACK

AMICHE DI SALVATAGGIO


I edizione «Supertascabili Sperling» giugno 2004
I edizione «Pandora Shocking Paperback» aprile 2005

ISBN 88-8274-717-4
86-I-05

*A Lilli*

# Parte prima

# Uno

È successo. Dopo anni di deserto sentimentale, popolato solo da rari e consumati cialtroni, mi sono innamorata.

È una sensazione magica, mi sembra che tutto sorrida, persino Torino è diventata allegra, una città piena di vita e di progetti. Dettaglio non trascurabile, mi sento una ventina d'anni in meno. A dire il vero, anche un po' sperduta e stordita come quando avevo diciotto anni e il futuro davanti a me appariva immenso, francamente troppo. E sai bene quanto abbia paura a essere felice. Senso dei propri limiti? Controllo del delirio di onnipotenza? Chi lo sa, ma di questo parleremo un'altra volta, adesso friggo per raccontarti la novità. Lui.

Non so quanto dovrò pagare per questo regalo, ma siccome mi è stato recapitato con tanto di fiocco (sogni a occhi aperti), me lo tengo. Finché dura. Ahi, fa male solo a dirlo. Comunque, sto a vedere che cosa accadrà. Assieme a te, naturalmente.

Quando abbiamo deciso di scriverci via e-mail sulle

faccende di massima importanza, non pensavo a un esordio così cheap, perfetto per il tuo giornale. L'innamoramento tardivo. Ma questa è anche un'occasione speciale per confrontare il tuo minimalismo ormai agli sgoccioli (da quanto tempo non ti innamori più, Ilaria?) e il mio massimalismo sempre pronto a esplodere. Che ne dici? Torniamo a lui. Naturalmente è la persona sbagliata, come avrai già immaginato.

Sposato, e della categoria «così soddisfatti che ci sembra giusto essere rimborsati. O meglio, ricompensati». Magari con un ghiotto dessert, con tanto di ciliegina. La stranezza sta nel fatto che come ciliegina abbia scelto me, ingombrante frutto candito: e pure con una taglia che non è propriamente la tua. Il che depone a suo favore. Non ti offendere, ma lo diceva anche qualcun altro che le donne belle sono per gli uomini senza fantasia... A proposito, come va con l'ineffabile Franco? Scusami, oggi sono così egoista. Effetto collaterale della malattia amore: sembra impossibile che qualcun altro provi una simile beatitudine.

Stop! Prima di cadere nel ridicolo, ti comunico che saresti soddisfatta di me: ho fatto le mèche, sfoggio una nuova montatura di occhiali da intellettuale modaiola, vesto con più cura del solito (lo confesso: sto un bel po' davanti allo specchio) e nel complesso mi trovo piuttosto in forma, sempre nel complesso, e sempre nel rispetto della forma (la tua, per esempio!). Ma non mi lamento, anzi non mi sono mai sentita così bene. Quasi carina. Proprio un bel tipo di donna.

Ti vedo già entusiasta, a prescindere. Perché il tuo

problema, povera Ilaria, è che sei buona, nessuno lo direbbe, con quell'aria da femme fatale che ti ritrovi. Ti riempie di felicità l'idea che la tua amica del cuore, nemmeno strafiga, sia innamorata. Corrisposta? Chi lo sa. Da come si fa l'amore (su questo argomento ci vuole una lettera a parte, anche se non vorrei sembrarti troppo lasciva, abbiamo sempre parlato poco di sesso), dicevo, da come si fa l'amore, con lo sposato & soddisfatto, si potrebbe dedurre che sposato è sposato, ma che la ginnastica coniugale non deve soddisfarlo affatto. E siccome i corpi non mentono, potrei parlare di una folle attrazione reciproca. Che sicuramente c'è... assieme a tutto il resto, intesa intellettuale, voglia di raccontarsi, di ridere, di imparare.

Perché è decisamente charmant, il tipo. Colto, ma non intellettuale pippaiolo, spiritoso e con una notevole faccia di bronzo. Una chicca di innamorato. Alt, siamo alle dolenti note: perché se per innamorato intendi quello di cui parli nelle tue «inchieste» – telefonate, regalini, dichiarazioni azzardate o anche solo un «ti amo», detto per sbaglio, al buio, con la nebbia – allora no, non è affatto innamorato. Presumo sia la solita solfa: disparità di investimento & aspettative. Da parte mia: altissime. Da parte sua il saggio godimento di qualche attimo fuggente con me, a casa mia, o in un motel quando non riesco a piazzare Giacomo da un'amica e deve venire la nonna.

Francamente, preferisco il motel a casa mia, mi sa di faccenda più chiara. Sposatissimo scopa con ragazza madre in motel di periferia. No, non sta ricomparendo la mia pericolosa tendenza all'autoribasso. Per una volta toppi, lasciatelo dire. La realtà, mio caro caporedattore centrale, è che nei vostri femminili del cazzo non parlate mai di faccende serie e pratiche, per esempio del fatto che i motel non sono squallidi come dicono, ce ne sono di molto carini, con giardinetto davanti alla porta dell'alcova part-time, dove il fedifrago di turno può posteggiare la macchina senza essere visto. E le camere sono graziose, con tanto di tende a fiori che fanno vecchia Inghilterra, e dopo il fattaccio c'è pure la possibilità di farsi portare la cena. Pessima, d'accordo, ma pur sempre un pasto caldo, via. Coi tempi che corrono è grasso che cola.

Che dirti ancora di lui? Che ovviamente ha un lavoro più gratificante del mio, molto più potere e più soldi, insomma ha una posizione, che comprende oltre alla consorte coetanea e radical chic anche due figlie, due future radical chic, non troppo belle né troppo brutte. Come la moglie, come me, che però non ho una raffinata famiglia torinese alle spalle, e non sono affatto bon ton, con un padre ex gestore di bar e una madre impiegata delle poste. In dote da classica amante porto un po' di giovinezza e l'accettazione (?) di un rapporto basato su incontri molto incandescenti e poco realistici (a meno che per realistico si intenda fare l'amore meravigliosamente, dipende dai punti di vista). Da questo potrai arguire che con il mio amato bene non faccio vita mondana, e che non sono stata presentata a parenti e amici.

Ah, dimenticavo: ha cinquantaquattro anni, sai l'età in cui gli uomini desiderano cambiare vita per esorcizzare la vecchiaia. L'età in cui si può raggiungere la perfezione nel compromesso.

Insomma eccomi qua: come sempre rubo ai poveri (a me) per donare ai ricchi (a lui e alla sua dolce metà).

Quanto ci saranno debitrici, le mogli che sanno tutto e fanno finta di non vedere? Con questa domanda di parte (e ci mancherebbe pure essere obbiettivi) ti lascio. Attendo risposta via e-mail, anche se, visto l'argomento lialesco e liaisonesco, preferirei una croccante letterina rosa, profumata dei tuoi intrugli cosmetici.

Un abbraccio,

Daria

PS: nonostante mi sia sforzata di essere distaccata e spiritosa (forse), ti ricordo che sono cotta persa, feribile e scorticabile da qualunque tua perplessità e legittimo dubbio (non aggiungerne ai miei!).

Inoltre, poiché le pietose bugie non fanno per noi, che ne dici di spostare l'argomento sui massimi sistemi? Innamorarsi fa comunque bene, all'anima e anche alla pelle (soddisfatta del mio pragmatismo?).

# Due

La donna dei cani l'aveva guardata storto, togliendole un po' del consueto buonumore. L'aveva fatta sentire una banale fighetta metropolitana, povera Roberta, una specie di aspirante pin-up da prendere a padellate in testa, come avrebbe detto Danila, l'unica amica simpatica di mamma: una papera con le penne tirate a lucido e il cervello microscopico, persino meno invidiabile della barbona alla deriva, ridotta a farsi mantenere dai suoi quattro cani spelacchiati.

Valla a capire la vita: basta l'occhiataccia obliqua di una sconosciuta a minare l'equilibrio di una giornata che si prospettava scintillante. Roberta sapeva di essere un bel tocco di ragazza, un buon esempio di wondergirl multimediale, bizzarro innesto dei desideri e dei fallimenti di una madre smandrappata, attrice di serie C andata in vacca precocemente (Dolores aveva toppato in tutto, amori, carriera, soldi e – non da ultimo – anche nel fisico).

Per dirla tutta, a Roberta era capitata la peggiore delle iatture, una mamma-figlia: una psicolabile dipendente da una variegata lista di erbe e pillole magiche, oltreché da fattucchiere, cartomanti e ciarlatani post e pre new age; un'infantile cronica che credeva solo nelle botte di fortuna (vincite miliardarie all'Enalotto e contratti hollywoodiani a Fregene), compresi gli incontri con improbabili magnati nell'ascensore scassato della modesta palazzina dove abitava da tre lustri, sperando sempre in tempi migliori.

Naturalmente, suo padre si era dato alla macchia prima ancora che Roberta venisse al mondo. Poteva uscirne un disastro, irrimediabile con qualunque tipo di terapia, e invece Roberta era un capolavoro: una bimba così temprata dalle lamentele e dalle aspettative sempre mal riposte di sua madre da diventare più matura non solo di lei, ma di tutte le sue amiche messe assieme.

Una tipa tosta, ottimista e pratica, che a ventisei anni sapeva annusare con fiuto sopraffino le balle che le avrebbero raccontato quei tartufoni di uomini: gli scopritori di talenti (o di tette), i direttori di giornali, gli agenti teatrali, televisivi e letterari... Insomma, quelli che tengono il coltello dalla parte del manico. Quelli che avevano sempre menato per il naso Dolores.

Roberta aveva il fisico di un acerbo virgulto, ma la sua testa viaggiava da scafatissima e disincantata quarantenne. Lei sì che era un pericolo pubblico: altro che le donne in carriera, altro che le colleghe di mamma collezioniste di storie sbagliate. Una vera lupa travestita da agnello... Ma gli uomini, si sa, sono un branco di fessi, e si fermano sempre all'apparenza. Vedendola così giovane e appetitosa, si buttavano a capofitto pensando: Me la slappo in un istante. E si trovavano col culo per terra. Ridicolizzati.

Intanto la barbona continuava a osservarla sarcastica, forse perché se ne stava lì comoda comoda e non doveva scapicollarsi a Roma, e a far che poi? A intervistare una scalzacagna di cui, secondo la lingua locale non le poteva «frega' de meno». E pensare che si sarebbe dovuta sentire galvanizzata da un incarico «prestigioso per la sua giovane età» (così le aveva ripetuto il direttore di *Fashion* mentre le lumava spudoratamente il fondoschiena): ma la sua anima ultraquarantenne ne aveva già due palle così. Tutto come da copione: l'intervista con la scalzacagna di cui sopra, Eloisa Petri, dopodiché, già che era a Roma con le spese pagate, una capatina in Rai, nell'illusione di piazzare la sua idea di programma *Nati per perdere*. Un programma, la Roberta adulta lo sapeva, che non si sarebbe mai fatto, proprio perché quelli che perdono (come Dolores) sono moltissimi, quasi tutti. E chi mai vuole sorbirsi la fotocopia del proprio sconforto esistenziale? Nessuno. Ma la Roby ragazzina, quella con la pelle fresca e le curve sode, con le lentiggini sul naso che facevano tanta tenerezza, avrebbe ottenuto di essere ricevuta dal solito capostruttura un po' porco (se non fosse stato un po' porco, col fischio che l'avrebbe ricevuta). Davvero stancante questa vita dissociata, questo fingere di farsi coglionare e in realtà coglionare alla grande... Un filino deprimente, anche. Comunque, mai lamentarsi, in casa sua non si faceva altro, ormai si erano esaurite le scorte (delle lamentele). E poi, rispetto a Dolores, se la passava decisamente meglio. Chiunque, rispetto a Dolores, se la passava meglio. Anche la donna dei cani, che almeno non nutriva, come sua madre, un risentimento globale, un rancore a trecentosessanta gradi: la donna dei cani detestava solo gli stronzi come Roberta, che non le lasciavano nemmeno mezzo euro.

Una giornata di sole settembrino iniziata proprio bene, proseguita con qualche piccolo contrattempo: come il biglietto che stava leggendo ora, un biglietto di finti ringraziamenti, in realtà la mezza protesta di una merdina qualsiasi che aveva lungamente intervistato, sudando poi sette camicie per far accettare il pezzo al settimanale *Donne emergenti* (emergenti da che?). E che si lamentava pure, la merdina, a causa di alcune inesattezze. Certo, doveva essersi convinta che Roberta fosse una sbarba incompetente. E lei che aveva cambiato qualche frase solo per farla sembrare un po' meno scema, un po' meno patetica nel suo arrivismo monomaniacale. Peggio per te Roberta, così impari a darti da fare per gli altri.

Comunque, anche se l'emergente babbiona l'avesse ringraziata, magari mandando dei fiori, che cosa sarebbe cambiato? Nulla. Roberta sapeva benissimo che col giornalismo (cui era approdata solo per non seguire le orme materne) non sarebbe arrivata da nessuna parte. C'era dentro da due anni ma era come se fossero diciotto. Avrebbe continuato, come tante altre, quella ridicola maratona per un futuro di gratificazioni e di successo, finché, insofferente di non essere mai né in testa né in coda, si sarebbe decisa a rifiutare quel ruolo impreciso, perennemente nel gruppone dei mediocri.

In sostanza, era ora di cambiare giro: in fondo aveva ottenuto di collaborare coi più diversi giornali solo grazie alla faccia tosta (dai lineamenti perfetti), faceva una faticaccia a scrivere nello stile che le veniva imposto, non aveva una dote particolare per la scrittura a cottimo. Allora tanto valeva sfruttare meglio i suoi effettivi talenti, le sue pagelle dalla media altissima. Smetterla di riportare le stronzate dette dagli altri, e dedicarsi a un'attività davvero creativa. Per esempio, diventare poetessa, o regista (come il papi che si era dato alla macchia). O troiona d'alto bordo.

Intanto, per adesso, era lì sul pendolino in partenza per Roma. Lo aveva preso per sbaglio, il pendolino. Partiva dieci minuti prima dell'intercity e non c'era la coda al gabbiotto. Eppure se lo doveva ben ricordare, che lo odiava. Le faceva venire il mal di mare. Chissà perché, non sempre sapeva evitare le cose che le facevano del male. Masochismo ereditario? Traumi infantili irrisolti?

Aveva pregustato una cenetta carina, da single, nel vagone ristorante, invece era lì in compagnia della sua nausea, nessuna persona interessante da osservare o da cui farsi osservare. Che barba. E sarebbe comunque arrivata tardi a casa di Danila, l'amica di mamma che da due anni era più che altro amica sua. Purtroppo Danila in quei giorni aveva disertato Roma per seguire in tournée il suo ultimo fidanzato attore, quello giusto sperava, dopo tanti fallimenti amorosi, uno più franoso dell'altro.

L'ultima volta le aveva persino detto: «Roberta, devi trovar modo di scriverla, in un tuo articolo, la mia teoria della scheggia impazzita. A furia di vagare a casaccio e di prendere cantonate (a casaccio), prima o poi si incappa nella persona giusta. È una questione di probabilità».

Adorabile Danila, sempre così pasticciona. Dolcissima Danila, attrice di teatro senza parti, così brava a recitare le sue sfighe nella vita, così spiritosa nel prendersi in giro, e ancora così incline a illudersi. A tutt'oggi non le era riuscito nulla, proprio come a Dolores. Ma a differenza di sua madre sapeva ridere dei propri guai. Era una fuoriclasse. La teoria della scheggia impazzita era suggestiva, peccato che Roberta non l'avrebbe scritta in nessun articolo. Pensava che, senza strategie, a furia di cambiamenti, colpi di testa, fughe precipitose, frenesie varie si può solo peggiorare le cose. Ma si sa, Danila, coi suoi trentasei anni di ragazza attempata, era decisamente più sprovveduta di lei.

Il pendolino era giunto a destinazione. Ai taxi, i manager o pseudo tali in fila indiana la guardavano. Se li immaginava a casa, mortali come la peste bubbonica, e lì, invece, pettoruti come gallinacci, a darsi arie da cuccatori. La guardavano come per dirle: «Ti andrebbe?» ma se Roberta per caso avesse risposto: «Beh, che si fa?» si sarebbero dati alla fuga in preda al panico. Dissolti nella nebbia, amen. A quanto pare, così vanno le cose, a una certa età, ragazza mia: meno si desidera, più si finge di desiderare. Schizofrenia? Voglia infantile di giocare, che si camuffa in finti desideri da adulti?

Chissà. Lei, per sua fortuna, era nella situazione opposta: era un'adulta concreta piena di desideri concreti, con l'immaginazione di una bambina non ancora disillusa dalla vita. Una pacchia.

Le era tornato il buonumore, e sorrideva fra sé immaginandosi la casa squallida del tipo languoroso che la guardava con maggior insistenza: se lo vedeva in ciabatte, in uno scenario senza libri e senza idee. Lo avesse saputo, che cosa pensava di lui: Carne frolla amico mio, io della tua esperienza me ne faccio un baffo, ce l'ho già l'esperienza, tutta qui nella mia testa, e non solo. Quindi mi farei volentieri un bel giovinetto dai fianchi stretti, le spalle larghe e pure i capelli lunghi. Un filo tamarro, d'accordo, ma a una certa età ci si intammarrisce nei gusti, si bada al sodo: Meglio i muscoli del cervello.

Era arrivata a casa di Danila: amava quella casa, sembrava inventata apposta per lei. Era situata al centro di Roma, proprio dentro palazzo Barberini: l'appartamento della servitù, diceva Danila; una ex cantina, pensava saggiamente Roberta. Si entrava attraverso un cancelletto di ferro, nella parte interna del cortile; si percorreva poi a tentoni un corridoio senza luce, catacombale, vagamente claustrofobico, e finalmente si arrivava alla porta scrostata dipinta di azzurro. Con la scritta, a caratteri cubitali e fosforescenti da camerino di star fricchettona, DANILA NERO (nome d'arte scelto in un momento di torpore creativo).

Un appartamento buio e umido, dove le poche finestre davano sul cortile interno, e i muri sottili su una cantina vera: ma l'allegria inconsapevole e contagiosa di Danila lo scaldava, lo rendeva accogliente malgrado tutto. Una tana da amare a prima vista, come la topolina che l'abitava, alla quale invece capitava sempre il contrario: uomini che amavano altre e che se ne accorgevano solo dopo.

Oppure che non amavano nessuno, e – frase di circostanza – nemmeno se stessi.

Insomma, Danila aveva una vocazione a scambiare lucciole per lanterne. O cantine per case. Così aveva descritto a Roberta la sua pittoresca topaia: «Palazzo del Seicento, via Barberini, ingresso privato, scala indipendente, novecentocinquantamilalire al mese, in perfette condizioni». Roba da far rizzare le antenne a un catatonico. Per non contrariarla, Roberta si era sentita in dovere di esclamare: «Meravigliosa!» quando, allibita, si era trovata di fronte a una stamberga in condizioni pietose, col cesso che dava direttamente nel soggiorno, il soggiorno che dava direttamente in camera sua, e camera sua che dava direttamente in quella di Danila. Ma intanto si era impegnata a condividere (per fortuna solo per brevi periodi) quell'obbrobrio.

Stasera purtroppo Danila non era lì e Roberta si sarebbe dovuta sorbire al posto suo uno dei variegati subaffittuari. Spesso disoccupata, Danila non ce la faceva mai coi quattrini, e il turnover dei coinquilini occasionali era frenetico. Anche se negli ultimi tempi non se la doveva passare malaccio: la si vedeva spesso in Tv, a cucinare salse, scolare spaghetti, stendere panni, imboccare pupi: solida moglie-madre-casalinga realizzata nella pubblicità, franosa-psicolabile-single scoppiata nella realtà.

Per quella sera non restava che sperare di eludere la fastidiosa conversazione con un regista di avanguardia teatrale (o sentimentale), con una cameriera aspirante attrice che si ingozzava di avanzi, con un'attrice aspirante cameriera che cercava di farsi psicanalizzare gratis da chi le capitava a tiro. Che palle cercar di comprendere l'umanità incasinata. Che palle sopportare i duplicati di Dolores. Che palle dover ascoltare le solite litanie: «Sapessi, Giulia, no scusa Marina, anzi Roberta, sapessi, voglio cambiare lavoro... tu sei così giovane, non puoi sapere... i produttori che brutta razza, tutti maiali». (Lo sapeva, lo sapeva, grazie. Non solo i produttori. Poi, via, perché infierire sempre su quei poveri maiali innocenti, creature del buon Dio.) E a quanto pare i maiali non erano il peggio. C'erano i codardi, i bugiardi di professione, i «Non schiodo più per nessuna ragione al mondo», quelli che prendono «Solo quello che viene» e quelli che hanno deciso di «Non decidere più nulla».

Quelli che fanno diventare una donna arida più del deserto del Nefud, ma che non servono neppure come rimedio contro i ristagni adiposi. Quelli che aveva incontrato Dolores. Quello che aveva incontrato la sua collega Ilaria tanto in gamba da essere quasi detestabile.

# Tre

Carissima Daria

mi spiace, niente letterina rosa croccante. Avevo troppa voglia di scriverti, e ho sfruttato la scorciatoia telematica.

Evviva! Esulto per te, mi sembra un regalo talmente straordinario, al limite dell'incredibile, quello di innamorarsi… che tutto il resto vada a farsi fottere. E se serviamo alle mogli per puntellare matrimoni più o meno traballanti, pazienza. Ci sono tante forme di volontariato.

Comunque, meglio vivere in un harem che in un deserto sentimentale… quasi quasi propongo il pezzo al mio direttore. Lasciamo perdere, sarebbe troppo sentito, perché di deserto sentimentale me ne intendo, eccome.

Veniamo a noi: mi racconti poco di lui, eppure sento fra le righe il tuo tenero «sperdimento»… e per favore smettila di esorcizzarlo con dosi massicce di ironia difensiva. Sono o non sono la tua amica del cuore? E allora usiamo i nomi giusti per le occasioni giuste: piantala di gettare acqua sul fuoco, l'incendio ormai è scoppiato (che invidia!).

Davvero ti senti vent'anni di meno? Se penso ai discorsi scazzati che abbiamo fatto anche solo sei mesi fa bacerei (castamente) questo principe azzurro sposatissimo (nessuno è perfetto) che ha l'onestà (o l'arroganza) di non raccontarti balle. Ma non voglio aggiungere nulla. È da un secolo che non provo simili beatitudini dell'anima e dei sensi, quindi zitta e mosca, qui c'è solo da imparare, per una volta taccio e osservo incantata le tue trasformazioni.

Confessione personale: la cosiddetta carriera è una gran pizza e nulla (né la tanto attesa promozione a vicedirettore, né la garanzia di pubblicare un altro libercolo da classifica, né tutti i vantaggi che nascono dal successo meritato o immeritato) mi appagherebbe, mi farebbe rinascere, ritrovare un progetto di vita (anche fasullo) quanto innamorarmi. Purtroppo qui, nel grigio deserto della Milano operosa, di oasi nemmeno l'ombra. E quanto ai miraggi... forse proprio per evitare altri miraggi già dolorosamente sperimentati sto ancora con Franco. Ma chi se ne frega di Franco? Torniamo all'unica cosa importante: goditi questo regalo immenso e non farti menate.

Non riesci a essere strumentale? Rubi ai poveri (a te) per donare ai ricchi (lui e consorte)? Non è una debolezza, è un lusso da gran dama...

Non lascerà mai la moglie? È con te che fa l'amore meravigliosamente...

Non durerà e ti troverai con un pugno di mosche? È peggio non avere nemmeno rimpianti, come succede quasi sempre anche alle mogli. Alle macchiette di donne in carriera, poi, non parliamone.

Come vedi in questo periodo mi sto parecchio sul culo.

Ti abbraccio e tifo per il tuo fantastico amore,

Ilaria

# Quattro

Ilaria era un mistero per Roberta: mandava in vacca tutte le sue teorie, cioè che per gli uomini sbagliati ci sono sempre le gonze (tipo Dolores e Danila) con il radar pronto per intercettarli. Invece Ilaria, una fulgida rossa trentottenne, bella da far soggezione e intelligente da far paura, da quasi tre anni, per colpa di uno stronzo qualsiasi, si era ridotta peggio di una zitella. Una pseudosingle in carriera, al servizio (senza contributi) di un uomo potente che forse aveva la coda di paglia per come era montato in sella (senza scenderne più). Il solito rampante devastato che per evitare un altro problema (se stesso), lo negava (a se stesso), fingendo di non essere un uomo di potere. Che si vergognava un po' della sua vita, come succede a molti. Sogni andati a puttane, compromessi a non finire, grandi amori nisba, fregature a iosa.

Tutte queste cose Roberta le aveva capite dopo alcune conversazioni con Ilaria. Perché le era antipatica? Forse perché era troppo brava nel suo lavoro, tutta compresa nella parte di capa tanto magnanima quanto esigente. Era palese che Franco la frequentava (un altro termine sarebbe stato eccessivamente esplicito) solo perché lei era diversa.

Una da rispettare, una che non gli chiedeva niente, una con gli attributi maschili. Una cogliona. O peggio, una donna superiore. Un corno. Ilaria in realtà era fregata dalla buona educazione, dall'autocontrollo, dal perbenismo. La verità? Era una testa fina, ma non era nata sotto il segno della iena. Un vero handicap. Anzi, secondo il suo modesto parere, la cara, efficiente, realizzata Ilaria, per le mantenute d'alto bordo, le attricette-saltamaterassi-giusti, le mogli separate che arraffano alimenti fino ai tempi futuri di *Star Trek*, provava un'invidia verde.

Quelle sì che avevano capito come va la vita. Tutto è un tarocco: allora, tanto vale taroccare in maniera sistematica. E rendere la pariglia a certi fetentoni. Come tante donne fin troppo lucide, Ilaria era un asso nella teoria e una frana nella pratica: Roberta si ciucciava avida le sue parole; sarebbe diventata un asso in tutto, grazie al gentile contributo di Ilaria. E di Franco, la preda per eccellenza: noto produttore cinematografico ovvero uno specialista in smandrappate di tutte le risme, bisognoso, per cambiare, di una ragazza di classe. A chi non piace raccontarsi di essere scopato per la sua bella crapa spelacchiata?

Mio dio, l'ingenuità degli uomini. Disarmante. E Franco, un pollo perfetto per i suoi progetti da spennatrice professionista... Roberta sentiva già l'acquolina in bocca. Comunque, meglio non farsi venire troppo appetito. Prima Ilaria doveva scaricarlo (e l'avrebbe scaricato: la ragazza aveva dignità, era un po' asprigna, d'accordo, ma aveva una mentalità sana, agli antipodi di quella di Dolores).

Presto o tardi Ilaria sarebbe risorta dalle ceneri. Chissà poi perché non le riusciva di interessarsi a qualcun altro... In redazione, per esempio, c'era Patrizio, un venticinquenne che era una delizia, quanto di meglio per risollevare l'umore di una trentenne allo sbando. Un piumato che perdeva le bave per Ilaria. Ma lei, professionale e fredda, non se lo filava neanche di pezza. Forse non riusciva a provare più niente per nessuno. Forse Franco era diventato una scusa per stare da sola, per erigere un muro invalicabile contro i maschi pretendenti, un muro tale da scoraggiare i più provetti scalatori.

Che gran filosofa metropolitana era Roberta. Come capiva gli incasinati lei, non li capiva nessuno. E vorrei ben vedere, con la full immersion nel disagio esistenziale a cui Dolores l'aveva sottoposta fin dalla più tenera età... Ilaria aveva il terrore di prendersi una nuova cotta, rendendosi ridicola. Amore, uguale stare male. Sì, doveva essere stata piuttosto male per amore. E come se l'era cavata la cretina? Scegliendo il disamore, cioè Franco, che la faceva stare peggio. Perché non capiva che tutti i suoi guai dipendevano dal suo maledettissimo orgoglio? O forse no, forse non era orgoglio: si difendeva solo per stare in piedi, perché i grandi, senza la maschera di sicurezza, cadono a pezzi. Vedi Dolores. Ecco perché Ilaria arrivava sempre al lavoro bardata da top model.

Più cadeva a pezzi dentro, più risplendeva fuori, fulgida di rossetto e di fard.

# Cinque

Sono tre giorni che non lo sento e sto male: non so gestire le mie ansie, le mie paure, il mio orgoglio. Non posso e non voglio usare strategie. Non mi interessa fare la dura o la preziosa, ma non riesco nemmeno a concedermi il lusso della dolcezza, a dirgli quanto lo amo. È difficile accettare la situazione per quello che è, alcune ore magiche strappate agli affanni quotidiani, senza nessuna specie di continuità, senza un accenno al futuro, vederci quando capita, cioè quando può lui. E io invece potrei sempre. Lui sarebbe il centro della mia vita: pensa a quanto sono scentrata!

Del resto che impegni serali dovrei inventare? Non ho un marito che mi controlla, nessuna mondanità, non faccio un lavoro che preveda convegni e congressi, e non mi sono rimasti sogni di gloria, nemmeno in saldo. Per fortuna, ho solo da far addormentare un amore di bimbo che non fa capricci e sta bene con tutti: nonni, amiche, baby-sitter. Si vede che ha capito l'antifona: chi si accontenta gode.

Benedetto il giorno in cui ho deciso di tenerlo. È come se Giacomo fosse l'unico a intuire quanta fatica mi costa tirare avanti la baracca: non fa mai storie, ha sempre il sorriso sulle labbra, e qualsiasi cosa per lui è una festa, anche andare a dormire all'ultimo momento dalla vicina di casa, Martina. Sta con uno sposato & soddisfatto e capisce le situazioni al volo. Magica solidarietà femminile!

Non ti offendere, ma ormai sono certa che l'amore passione ossessione (quello che ti prende allo stomaco, ti fa sbarellare, stare sveglia la notte e gioire per un messaggio inaspettato in segreteria telefonica) non si può raccontare, nemmeno alla migliore amica. Perché è resa incondizionata, vuoi solo perdere, è come un naufragio esistenziale pregustato. Mentre l'amicizia è l'ancora di salvezza per antonomasia.

Forse ci si innamora perché si è stanchi, Ilaria, perché non si ha più la forza di costruire progetti individuali. Ho tirato il carro per far nascere Giacomo, con un padre tanto surreale da essermi simpatico, anche se non paga gli alimenti da tre anni, cioè da quando Giacomo è venuto al mondo. Faccio un lavoro di cui non me ne frega niente, mi racconto che è per seguire meglio Giacomo, ma so che è una scusa: è un sistema per riposarmi dagli ideali traditi. Adesso vorrei abbandonarmi solo a quest'amore, farmi cullare da illusioni improbabili, le sole che riesco ancora ad affrontare. Vorrei anche essere scopata selvaggiamente dalla mattina alla sera, con prepotenza, e non sognarmi nemmeno di protestare. Non decidere più niente, essere passiva in tutto: vagare con questo buco nel cuore e nelle viscere, con questo vuoto immenso da riempire, di sicuro incolmabile.

Dico questa marea di cazzate solo perché non lascerà mai la moglie?

Adesso basta: anche se sei la mia amica del cuore, c'è un limite a tutto...

Non darti alla macchia dopo questa missiva: alle quattro di notte, dopo due settimane che non lo vedo e quasi quattro giorni che non lo sento, concedimi di sbracare telematicamente!

Tua irrecuperabile

Daria

# Sei

A voi Eloisa Petri: la solita attrice mitizzata dall'ufficio stampa. Dal vero, una patacca, senza tacchi a spillo una nanerottola un po' debordante. Roberta avrebbe iniziato il suo articolo con il classico attacco: «Vista al naturale, senza un filo di trucco, è ancora più bella, sembra proprio una ragazzina». Un par de palle. Sembrava uno scopino da cesso. Ma la verità, perché dirla? Nella vita è un optional quasi sempre increscioso; nel giornalismo, peggio che andar di notte. E poi, perché mai questa fissa di raccontare quel che accade sul serio? A che pro descrivere la fauna per niente esotica, sorridente o battibeccante, dei soliti noti, politici rampanti o neotrombati, aristocratici da rotocalco e pretonzoli narcisi, ambientalisti fasulli e filibustieri autentici, chirurghi plastici a rimorchio di attrici schizzate e restaurate, baldracche opinioniste a braccetto di intellettuali scarsi, lolite ammiccanti a spasso con presentatori salameleccosi. Tutta gente invidiata a morte da Dolores. Tutta gente pronta a pontificare, gonfia delle frottole da infliggere agli altri, quelli che pagano pure per bersele, che pagano sempre tutto.

Di sicuro lei non si sarebbe bevuta niente, anzi, ben presto avrebbe smesso anche di far mandar giù simili stronzate agli altri. Ormai lo sapeva da tempo: il giornalismo è un concime buono per tutte le erbacce, diffonde e alimenta ogni tipo di mistificazione. A raccontare le cose come stanno, da sempre, si passa per visionari, o per sfigati invidiosi. E lei, perché mai doveva passare per sfigata invidiosa? Per esempio, perché mai spiattellare quel che pensava della soubrette Viola Garcia, anzi del «fenomeno Garcia»? Certo, secondo lei la Garcia era una burina mal calzata e peggio vestita, imbarazzante nella sua spocchia, patetica nelle sue citazioni (il preferito, Wilde: lo leggeva dalle scuole medie scartando i bonbon). Ma a buttare giù la verità papale papale, Roberta avrebbe fatto la figura della sgallettata in cerca di pubblicità. Non hai le tette (finte)? Taci, piattona. Non hai le labbra turgide di silicone e rosse come il peccato? Zitta, tu, con quella bocca a culo di gallina, degna tutt'al più del burrocacao della drogheria sottocasa.

Che prezzo pagano le cosiddette donne realizzate. E poi, era realizzarsi intervistare quest'altro clamoroso bluff, una piccola arrivista che l'aveva data a cani e gatti per girare film scollacciati? Per carità, l'altra faceva il gioco suo, ma quello di Roberta non era di sciropparsi (e dover pure riscrivere in italiano) le sue noiose, scontate bugie. Almeno avesse avuto un briciolo di fantasia. «È stato tutto un caso, mai puntato al successo. Poi mi sono costruita da sola. Mai stata l'amante di Casalini.» Almeno fosse stata spiritosa. Almeno avesse detto: «A essere precisa, l'ho data anche ad A, B, C, D, E, giù giù fino alla Z. Quanti tizi di bocca buona! Quante pedine nella mia faticosa, talentuosa carriera!»

Era realizzarsi presenziare ad ammorbanti finti dibattiti sul «Ruolo della soubrette opinionista nel mondo della comunicazione globale»?... Finte giurie davanti alle quali lei e le sue colleghe realizzate testimoniavano che la chiappona di turno era proprio una gran donna, un punto di riferimento per le sorelle allo sbando. Tutte a bisbigliare: «Quanto è stronza e rifatta quella», e tutte a titolare: «Finalmente una soubrette con le palle».

Che professione pisquana, quella del giornalista. Un filippino malpagato al servizio di vip strapagati.

Grazie al cielo, lei avrebbe cambiato giro al più presto, prima di dover intervistare Viola Garcia, l'invidia di ogni travestito in reggicalze. Niente di eroico, l'eroismo proprio non l'intrigava, ma nel suo piccolo, senza volerlo (lei marciava per la sua strada e solo per se stessa), avrebbe vendicato tutte le disgraziate che avevano studiato per anni la psicologia analitica di Jung per sentirsi poi dare lezioni di vita da una Garcia.

Come faceva Ilaria a non vomitare quando doveva intervistare per l'ennesima volta una cogliona simile? Ecco da dove arrivavano le sue nausee psicosomatiche. Probabilmente Ilaria era ancora una ragazza idealista. Ragazza? Rughette a parte, a tratti continuava a sembrarlo. Idealista? Roberta si augurava di no, sai la scomodità.

Certo che arrivare a trentotto anni, sempre in pista, dopo aver vissuto se non sette vite almeno un paio, per scoprire che le persone di successo (sicuramente mitizzate dall'Ilaria adolescente & guerriera) erano solo lacchè e maggiordomi in doppiopetto blu di Caraceni al posto della livrea, mancate parrucchiere e sciampiste griffate dalle unghie dei piedi alla crescita (nera) dei capelli platinati, doveva essere stato un vero trauma. Non tutte le adolescenti in gamba avevano frequentato una scuola altamente specializzata come quella di Dolores.

Ma adesso che l'aveva finalmente capito, perché non cambiava giro? Il solito discorso: passare all'azione è dura, anche per la tostissima Ilaria... Del resto, francamente, non se la vedeva in crisi esistenziale (da risolvere con la filosofia zen), a coltivare verdure macrobiotiche in qualche paesino di campagna, assieme a un fesso qualsiasi irretito al volo con gli ultimi scampoli delle sue grazie, per farci un figlio rapido rapido, prima che fosse troppo tardi. Quante amiche di Dolores aveva visto crollare e ripiegare sui valori tradizionali, dopo anni di barricate, dopo trenta uomini sbagliati, dopo duemila scazzi sul lavoro: capi porconi, colleghe arriviste, rivali leccaculi. Per poi scoprire che avevano ragione le loro nonne. Le quali almeno erano invecchiate in santa pace, si erano specializzate in figli e nipoti, sapevano incassare i tradimenti con stile, senza sentirsi in dovere di ricorrere agli straordinari (kamasutra e terapie di coppia, biancheria erotica e gingilli sadomaso, chirurgia plastica e corna di ripicca) pur di tenersi stretto il proprio straccio d'uomo. Sai che affare. Molto più ganze, le nonne. Molto più ganze di quelle che riscoprivano i valori dei tempi andati vicino ai quaranta, per «ritrovata serenità», assicuravano. La verità? Avevano paura di perdere anche quell'ultimo treno fantasma.

Lei, Roberta, non avrebbe rincorso nessun treno sbagliato: i professionisti del successo le facevano orrore, i professionisti della sconfitta... lasciamo perdere. Bugiardi i primi («Io? nessun compromesso, nessun prezzo...») ma ancor più bugiardi i tagliati fuori («Per nulla al mondo vorrei essere così...» Allora, perché ne parli?). Meglio stare zitti e trottare per proprio conto, per sfangarla in questo porco mondo. Alla faccia della vita schifa, per dirla alla giovane Holden che ormai giovane non è più.

Oddio, l'intervista. Ancora qualche domanda: hai voglia a far sembrare intelligente questo esemplare di ovino con la coda di cavallo. Stava venendo un pezzo schifoso. A questa qui, non le cavi fuori un bel nulla, se non che è tanto felice, che è il suo momento magico (il chissenefrega esce proprio dal cuore).

No, non ha paura di invecchiare. In fondo, la cosa più importante sono i sentimenti (alla faccia). Non ha problemi d'amore (tutti cornuti e contenti a casa sua). Ecco, vorrebbe tanto un figlio... Ci mancava davvero, quando una donna non sa più che cazzo dire dice sempre che le manca un figlio. A lei, Roberta la super, non sarebbe mancato un figlio, lei stava benissimo con se stessa, non aveva bisogno di una protesi di vita per dimenticare i propri fallimenti. Invece, l'ovino con la coda di cavallo pensava sempre agli altri, soprattutto ai derelitti, e faceva tanta beneficenza. Aveva anche prestato il suo volto (il suo culetto questa volta non serviva) per uno spot a favore dei bambini del Ruanda. «Ti piacerebbe vivere in Africa, come la Blixen?»

«Chi???»

Vabbè, buonanotte. Passiamo ad altro. «Nemiche?»

«Nemmeno una, tutte adorabili le mie colleghe!»

«Anche quella che ha dichiarato che le hai soffiato la parte solo perché ti sei spogliata al provino?»

«Le solite montature dei giornalisti, quelli si inventano qualsiasi cosa!» Guarda un po'. Del resto, bisogna pur scriverla, qualche minchiatella, cara la mia pecora, per fatturare a fine mese. Almeno belassi in un praticello di montagna, e non qui, in questo bar fetente pieno di facce patetiche, di pupazzi coi microcellulari Eurogold che escono (a bella posta) dal taschino, seduti ai tavolini che danno sulla strada per farsi vedere da chi conta, e da una bella gnocca come me. E per respirare meglio, a pieni polmoni, l'aria inquinata del centro.

«Direi che abbiamo finito.»

«Un abbraccio, salutami Luciano, fatti viva presto.»

Anche questa è fatta. Via, via. Tornare a casa, la segreteria ingolfata di inviti di polli in cerca di facili avventure. Ma ingolfata anche di rogne di lavoro: un taglio alto da accorciare, un programma televisivo saltato – pace all'anima sua – una nuova anatra da intervistare. Meno male che presto non ne avrebbe avute più.

# Sette

Mia cara Daria,

scrivi tutto quello che vuoi, delira, arrabbiati per le tue debolezze (o presunte tali)... forse la passione non si può raccontare, però un'amica è sempre un morbido cuscino su cui piangere. E poi hai tirato fuori una teoria interessante, l'amore per stanchezza: direi che per essere rincoglionita ragioni ancora piuttosto bene.

Per stanchezza, comunque, si possono fare tante altre cose: per esempio sto per partire per la Fiera del Libro di Francoforte e non ne ho nessuna voglia. Se penso che solo otto anni fa per me era un evento! Mamma mia come è impietoso il tempo, rivedrò di sicuro Vanni e la sola idea mi stanca, altro che amore. Il nostro matrimonio è rientrato nella sua aneddotica per spiritosi a cottimo: purtroppo, siccome ormai è intronato, ripete sempre le stesse cose e mi annoia a morte. Insomma, come direbbe Vanni per far colpo su una potenziale lettrice: «Anche chi ci ha fatto disperare prima o poi ci fa sbadigliare!» Tranquilla, mi fermo qui, non voglio deprimerti.

Spero che tu abbia fatto pace con te stessa e con lo sposato poco amante del telefono. Hai ragione a non voler usare strategie, se ne inventano troppe, e poi va tutto a casaccio.

Scusa lo scazzo diffuso ma sono davvero giù. Come vedi soffrire per le pene d'amore è meglio che farsi opprimere dal peso del disamore.

So che il mio minimalismo non ti conforta, del resto ha stancato anche me, ma è quanto passa il convento. Speriamo in momenti migliori.

Un bacio e cerca almeno tu, in mezzo ai tuoi vitalissimi patemi, di essere un po' felice

Ilaria

# Otto

Ilaria era stata a Francoforte tre giorni: al suo ritorno l'attendevano i messaggi di Franco. Il rapporto di Franco con la segreteria era idilliaco, le diceva sempre cose carine. Un modo di essere gentile che costava poco e che non faceva perdere tempo. Un modo di esserci pur non essendoci affatto, come sempre. Da un anno, dopo la sua prima crisi di coniglieria acuta, se la intendevano a meraviglia (così diceva lui). Lei aveva reagito con stile al suo darsi alla macchia, ma la delusione era stata tanto cocente che le aveva fatto sentire il cuore come un hamburger su una piastra arroventata.

Come capita in simili circostanze, non era più riuscita a fare un'ulteriore piega. Così, quando lui era tornato annoiato a morte dalle sue vacanze in famiglia (dopo essere scomparso per quasi un mese), avevano ripreso a vedersi, come se nulla fosse stato, come se quella deliziosa interruzione l'avessero concordata. Lui aveva scambiato il disincanto annichilito di Ilaria per larghezza di vedute. E nella vita di lei era iniziata una nuova commedia: la commedia della donna superiore, che capisce tutto e non si aspetta niente. E che, col suo umorismo tagliente, risolve tutto in battute.

Da brava masochista orgogliosa, aveva inaugurato il cosiddetto nuovo corso: non dovevano più considerarsi due persone che stavano insieme (pur standoci). «Smettila di menartela con tutti questi complessi di colpa», lo rassicurava, «mica sono una sciura Pina qualsiasi a caccia di una sistemazione.» «Ci vediamo quando ci va, nessun impegno, nessun problema.» Da buoni amici. Due Sic, due Single In Coppia – anche se lui era ancora un po' tanto sposato.

Che donna spiritosa, che donna brillante. Chissà perché, adesso era brillante in tutto: giornalista brillante, umorista brillante. Più perdeva sicumera, più perdeva smalto, più brillava. Bizzarri meccanismi della sorte. Con le sue trovate da quattro soldi aveva pure scritto due libercoli: l'ultimo, *Sic e sigh,* era stato in classifica, nonostante i tempi grami (evidentemente, le metropoli pullulavano di scoppiati soli e infelici, ma cultori dell'umorismo brillante).

In verità, a parte Daria, che bruciava più che brillare, l'unica persona brillante che aveva conosciuto di recente era quella strana ragazza, Roberta. La metteva persino in soggezione con il suo sguardo penetrante, la faceva sentire opaca, arida, cinica. Quella ragazza di ventisei anni aveva talento da vendere, sprizzava voracità per le cose sane della vita: la fiducia in se stessi, per esempio, alla faccia delle noiose regole del mondo, alla faccia degli uomini sbagliati, alla faccia dell'orrenda gavetta giornalistica (un misto di arrivismo ottuso e di faticaccia inutile). La sua sgamata sottoposta sembrava aver già capito tutto.

Le era proprio simpatica, quella lenza di Roberta, anche se sapeva che la cosa non era reciproca. Del resto, come poteva pretenderlo? Si era quasi trasformata in una di quelle donne che aveva sempre detestato, quelle manager che pensano solo al lavoro, sempre sull'orlo di una crisi di nervi, con una vita affettiva puntellata sulle ceneri di tracolli sentimentali continui. Le persone riuscite riescono in tutto, hanno una pagella con voti buoni in ogni materia. Vita sentimentale di Ilaria Corsini: due meno. Che intesa era mai, la sua con Franco? Una toppata amara, ecco cos'era. Se non metteva uno zero tondo era solo perché lui la ispirava, con la sua codardia: mentre prosciugava le sue ormai scarse possibilità d'amore, le forniva gratis un intero repertorio di spunti umoristici. La disillusione di Ilaria si stava polverizzando per orgoglio in soda caustica. Un dolore silenzioso, in briciole piccole piccole, che lui poteva pure far finta di non vedere, per non sentirsi cattivo. Che orrore. E Franco non voleva nemmeno essere cattivo: in fondo al suo cuore di codardo si nascondeva un animo buono (oppure essere cattivi costa troppa fatica?).

All'inizio della loro storia, Franco, folgorato dalla passione e forse sotto l'effetto di psicofarmaci, si era presentato come un leone temerario. Erano passati poco più di due anni e mezzo, e sembrava una vita. Ilaria non pensava volentieri a quei primi mesi.

* * *

Franco era sbucato fuori dal cespuglio, in piena luce, dimentico per un attimo della sua natura di animaletto tremebondo. Le era corso incontro impavido nella prateria semiintatta dei suoi sogni. «Sei la donna della mia vita, mi salverai, mi rifarò, voglio una storia vera, basta con avventure del cazzo...» In effetti, erano proprio del cazzo, le sue avventure. Ah ah, che battuta da avanspettacolo! Stava diventando un'oca giuliva? Perché, non lo era forse già allora? Lui aveva la fama del puttaniere (e quando uno ce l'ha, è ben raro che sia usurpata), ma aveva anche un'aria così tenera, da peluche bisognoso di essere salvato dalla palude di un matrimonio di facciata, sottratto al monotono martellamento delle arriviste di turno (che Franco, per puro spirito di sacrificio, o meglio di talent scout, si faceva con scrupolo).

Perché non credergli? In fondo aveva bisogno anche lei di rifarsi una vita. Del resto, pensava ancora che certi uomini potessero essere redenti, anche quelli di potere, irredimibili. Credeva ancora di essere straordinaria, insostituibile. Bella, intelligente, pulita. Acuta. Come Roberta. Una freccia che puntava al centro, con la testa pensante, una che non doveva chiedere niente a nessuno. A quasi trentacinque anni poteva scegliere e dare il meglio del meglio. Non come le squallide attricette che lui si spupazzava da sempre, smandrappate e smandrappone in cerca di copione.

Quant'era sicura, ancora, del fascino infallibile della sua personalità: e se fosse solo una questione d'età? E se Roberta non avesse altro merito che essere così giovane? Se la vita fosse solo una prova di resistenza?

Non sapeva trovare risposte, sentiva solo che era ora di darsi una mossa. Era ora di resistere e di risorgere dalle ceneri.

# Nove

Carissima Ilaria,

che dispiacere sentirti così, tu che hai sempre vitalità e risorse da vendere. Comunque non sto troppo a preoccuparmi: sarai nella fase «Vado, tocco il fondo e risorgo dalle ceneri», la tua specialità. Io invece continuo con la mia altalena di inferno e paradiso: ieri ci siamo visti e come sempre è stata una serata magica, lui era dolce, appassionato, tenero, spiritoso. E naturalmente sembrava che non facesse l'amore da un anno, tanto era motivato, diciamo così, perché sto diventando rossa... lo sai, non è mai stata la mia specialità parlare di sesso.

Una cosa che mi frega della nostra intesa (perfetta!) è che è non solo fisica ma anche sentimentale e intellettuale, abbiamo un rapporto squisitamente lascivo ma anche decisamente affettuoso, c'è una complicità e... oddio mi sembra di essere una di quelle deficienti che scrivono alla posta del cuore. Sintetizzando e smitizzando: è vero che ci vediamo solo per scopare ma poi parliamo un casino, e ci confortiamo tanto (per lo meno lui conforta tanto me). Poi tutto rientra nei ranghi, difficilmente il giorno dopo lui mi chiama (oggi non l'ho sentito), ancora più difficilmente io ho l'energia e l'ottimismo per cercarlo. In realtà non gli telefono quasi mai, dopo i nostri incontri faccio una fatica tremenda a riprendere il tran tran della mia vita, senza concedermi sogni, senza immaginarmi riscatti e premi (lui!)... e sono così esausta che voglio solo starmene rincantucciata, senza espormi, senza fare nessuna mossa.

No, non c'è un filo che ci tiene uniti fra un incontro e l'altro, o per lo meno non è il filo conduttore che vorrei... e questo mi fa soffrire, mi fa vivere come sospesa, anche se mi regala la grazia e la poesia di un'acrobata.

Per lui sembra essere tutto più semplice, decisamente più prosaico: faccio supposizioni perché dei suoi stati d'animo so pochissimo: al contrario di me, infatti, di rado mi parla dei suoi problemi... e potrebbe anche essere un riguardo, una gentilezza. Ogni tanto sento che si avvicina, magari mi cerca dopo una giornata dura, o si lascia sfuggire un «Ti voglio bene» o un «Mi piaci troppo». Subito dopo si ritrae... e siccome trovo patetiche quelle donne che si raccontano la favola del «Mi ama così tanto da sfuggirmi», lascio perdere, mi obbligo a non pensare, mi rincoglionisco davanti al computer, a scrivere testi di telepromozioni, slogan pubblicitari e tutte le merdate che so tirare fuori dalla mia creatività ormai prostituita ai giocattoli, alle scarpe e alle merendine di Giacomo (ma la verità non sarà più dura, cioè che non so fare altro?).

Comunque, anche se non si direbbe, oggi sono di

buonumore e penso positivo: riconosco che essere innamorati è l'attività più creativa della vita adulta. Tra l'altro ti capita e non ci puoi fare niente, non è che ti devi costringere come Alfieri... e richiede talmente tanta fantasia, alimenta tanti di quei dubbi e di quelle paure, che neanche volendo e sempre e fortissimamente volendo si potrebbe pianificare una simile follia vitalistica.

Ridendo e scherzando sono sei mesi che va avanti questa malattia: non so se ne uscirò viva, ma certo mi ritroverò più soda (mi sono iscritta a una palestra, ormai non ci sono più con la testa!).

Un bacio, ti voglio bene, abbi cura delle tue debolezze

Daria

# Dieci

«Chissà dove credi di arrivare facendo la galoppina per i giornali!»

*Senti da che pulpito.* «Lo sai che mi piace. E poi che altro dovrei fare?»

«Dolores, scusa se mi intrometto. Ha ragione tua figlia, cosa dovrebbe fare? Mica la vitaccia da cani che abbiamo scelto noi. Sai che mi hanno tolto l'opzione per quella pubblicità dell'ammorbidente?»

«Che sfiga. Però, se ti andava bene, prendevi in un giorno quello che il nostro genio prende con dieci articoli... Non capisco proprio perché hai voluto smettere di fare pubblicità, ti sceglievano quasi sempre, entravano un sacco di soldi in casa.»

*Tanto quei soldi te li spendevi tutti tu.* «Perché non mi portava da nessuna parte, ecco perché... E poi lo sai benissimo che quando ho smesso di sembrare una sbarbina non funzionavo più: troppo giovane per fare la mamma, troppo vecchia per fare la teen-ager. E troppo intelligente per fare l'attrice.» Accidenti, le era scappato.

«Grazie. Sempre carina, la piccola.»

Voilà. Dolores si era offesa. Roberta era andata a trovarla con le migliori intenzioni, non voleva litigare, ma evidentemente le migliori intenzioni non bastano. C'era qualcosa, nell'aria mefitica di quella casa dove non si aprivano mai le finestre nemmeno d'estate, che scatenava le zuffe. Eccola lì, la sua mamma modello, in sottoveste sgualcita, spaparanzata sul divano lercio, con la trentesima sigaretta appesa alle labbra assieme a una cronica smorfia di disgusto, le rughe tutte all'ingiù, quasi per dispetto. Un'ex bella donna devastata dalla noia, dal rancore, dalla disistima di sé. Almeno Brigitte era sì stupida come un'oca d'allevamento, ma era anche allegra, prendeva la sua vita attuale come la conseguenza degli errori di gioventù e ci scherzava sopra. Ripeteva sempre: «Sono stata troppo ingenua, non ho sfruttato la mia bonaggine al momento giusto». Invece Dolores non si accontentava di un teorema così semplice, ma da brava paranoica vedeva il suo fallimento come sintomo dell'ottusità del mondo intero. Il mondo che non aveva compreso il grande talento di Dolores Pagni, memorabile attrice. Talento? Memorabile? Dolores aveva fatto solo particine in film inguardabili, patetici esperimenti in teatri d'avanguardia (l'ultima spiaggia degli scoppiati all'ultimo stadio), infine aveva ripiegato in pubblicità, dove da ultimo era troppo sfatta e incazzata anche per fare la zia. Di uomini se ne era infilzati a dozzine, tutti più o meno inaccettabili, tranne papi, che era intelligente e fico sul serio.

«Sempre carina, uguale a tuo padre, un intellettuale di merda con la puzza sotto il naso. Però non si annoiava troppo a scoparmi, visto che sei nata tu. Che cogliona, avevo diciotto anni. Che dovevo fare, se non tenerti per rovinarmi l'esistenza?

*Avevi ventun anni, non diciotto.*

«Dolores, dài. Ma ti pare questo il modo di parlare a tua figlia?»

«Brigitte, non ti preoccupare per me, lo sappiamo tutti che mamma non la smette mai di pentirsi per avermi messa al mondo. Meglio così, ha corazzato il mio istinto di sopravvivenza, l'autostima e anche un'altra cosa... L'amore per papà!!!» Ecco, l'aveva detto, finalmente.

«Ma guarda che idiota di figlia mi doveva capitare! Una ingrata di bastiancontraria... Ma se quel bastardo si è dato alla macchia non appena sei nata.»

«Veramente il bastardo se la sta cavando alla grande, tutti i giornali parlano del suo ultimo film.»

Patatrac! Si era scatenata la solita rissa. O meglio, la solita guerra di territorio. Che strazio: Roberta si riprometteva sempre di essere accomodante con Dolores, se non altro perché le discussioni con lei erano più sterili di una pianta secca. La solita sceneggiata, che ormai conosceva a memoria: il pianto isterico, trecento goccetti di troppo, un vomito incessante di insulti, il pretesto per sfogarsi parlando di sé, strappandosi i capelli, agitandosi in vario modo. Perché diavolo non aveva saputo evitare tutto quel casino?

«Meno male che ti sei levata dai coglioni, brutta insolente. Vedremo se a quarantun anni la penserai ancora così.»

*Adesso te ne togli sei, mamma.* «Dài, smettiamola di litigare, ero solo venuta a salutarti, domani riparto per Roma, sto via più di due settimane, ho un sacco di lavoro da fare, devo incontrare parecchie persone.»

«Vai, vai, vai pure da Danila, quella stronza. E pensare che un tempo la consideravo un'amica. Ma lo sai, Brigitte, che questo fenomeno di figlia, oltre a essersi scopata tutti i miei fidanzati, mi ruba pure le amiche? Mi porta via tutto, questa sanguisuga. Abortire dovevo, altro che storie. E se era troppo tardi, un po' di topicida nella pappa... e via. W l'aborto libero, W Erode!»

*Oh no, Dolores femminista e spiritosa era il peggio che le potesse capitare.* «Piantala, hai bevuto! Nessuno ti porta via le amiche, Dani è amica di tutte e due, sei tu che non la vuoi più frequentare da quando hai scoperto che è anche amica mia. E per la precisione, per ora mi sono solo scopata Renzo, che non stava più con te da un anno, anche se tu facevi finta di non saperlo. E almeno, a me ha dato i soldi per la casa... Che fino a prova contraria ti sei intestata tu... E fino a prova contraria l'ho bidonato io, in fondo ti ho vendicata, no?» In realtà Renzo era un film che si era girato Dolores tutto da sola: d'accordo, lui se l'era fatta qualche sera, da ubriaco; d'accordo, era stronzo e viziato, ma era pure ricco e nemmeno troppo scemo. Che se ne faceva di una come Dolores?

«Oh, adesso mi rinfaccia la casa. Ma se ho pagato io l'affitto per anni, e per tutte e due! Ma se pago un mutuo che mi stende ogni mese! Ma se ti ho mantenuto per vent'anni, principessa del pisello!»

Veramente l'aveva sfruttata biecamente fin dalla più tenera infanzia: da bambina aveva pubblicizzato camionate di merendine e biscotti. Non c'era da stupirsi, se odiava i dolci. Una fortuna a pensarci bene, così non sarebbe ingrassata, sarebbe rimasta per sempre con quel fisico da semianoressica, il massimo del massimo. «Almeno non sei in mezzo alla strada... La puoi sempre rivendere se ti fa tanto schifo abitarci.»

«Lo farò: mi fa schifo stare in una casa che tu hai contribuito a pagare con le tue marchette!»

*Magari avessi fatto qualche bella marchetta Dolores, saresti lì, tutta felice, a contare i soldi.* «Piantala, dài, non è il caso.»

«Sì, dài Dolores, piantala, non vedi che tua figlia vuole fare pace?»

Ci mancava pure l'intervento sfigato di Brigitte.

«Che ne sai tu di figli, Brigitte? Va' un po' affanculo, vai. Non ne hai, non hai mai rinunciato a niente per una figlia, io ho rinunciato a una carriera per questa stronzetta e guarda come mi tratta, come uno straccio vecchio... Non sopporto la sua supponenza, i suoi colori slavati identici a quelli del suo odiosissimo padre.»

A questo punto Dolores aveva ottenuto l'effetto voluto: quella cima di Brigitte si era offesa a morte, ed era uscita sbattendo la porta. Roberta era rimasta solo per evitare di prendere l'ascensore con lei, e di doversi sorbire altre idiozie.

Bisogna riconoscerlo, l'intelligenza talvolta è scomoda.

Doveva persino far finta di essere ferita a morte, per non proseguire l'ammorbante battibecco. Cinque minuti di faccia da sfinge impietrita dal dolore e poi... via! E che questa volta andasse lei, e definitivamente, affanculo, sì proprio lei, la sua mammina cara dalla quale, grazie al cielo, non aveva preso nulla. Lei era una Casti al cento per cento. Capelli biondo cenere, occhi grigi. Anche lei nei panni di suo padre se la sarebbe data a gambe levate.

# Undici

Mi chiedevo questo, cara Daria: che sia solo una questione di autodisciplina? Dai tuoi racconti, per telefono e per lettera, mi sono fatta l'idea che lui sia un tipo molto disciplinato: non ti racconta frottole, non fa stranezze, non dà buche, se litigate aspetta che ti passi, ogni volta ti cerca e ti sceglie, a modo suo c'è insomma, però non si sogna di stare alle condizioni della tua (e forse anche della sua) pancia. Di sicuro è felice con te, ma non mette in discussione il resto per essere più felice, per essere felice sempre: probabilmente pensa che la vita non sia una pacchia.

Davvero, non lo dico per consolarti, ha ragione lui, non è malaccio quello che avete.

Il nostro problema semmai, Daria, è che siamo incapaci di obbedire. Non ci siamo fatte un gran culo sui libri, e di conseguenza siamo approdate a due professioni alquanto abborracciate. Da giovani abbiamo scelto di osare, non certo di studiare sacrificandoci per il futuro: abbiamo fatto sperimentazione (ergo: siamo andate a casaccio). Questo provare, riprovare e toppare ci ha stancato, è vero, ma ci ha anche permesso di vivere più di altri nel mondo delle illusioni, con la convinzione che prima o poi ci sarebbe toccato un regalo. Certo, siamo anche un pochino provate, ma siamo oneste: quella ostinazione ottusa che ci vuole per arrivare, per ottimizzare una carriera, noi non sappiamo proprio che cosa sia.

Il giornalismo io l'ho fatto per ripiego, avevo ben altro in mente quando ho sposato Vanni, e di sicuro non ho mai considerato un punto d'arrivo essere il caporedattore centrale di un femminile qualsiasi. E tu alla cosiddetta carriera non ci hai nemmeno pensato, ci hai rinunciato in partenza per incompatibilità di carattere: figurarsi se potevi scendere a qualsiasi compromesso.

Invece il tuo amico del cuore si sarà bevuto l'amaro calice a goccia a goccia. Ora ha una posizione, ma ne avrà pagato tutti i prezzi: durezza, applicazione costante, ego mortificato a mille, ripetitività, noia, stessa moglie per trent'anni... Non come noi, che siamo a quota meno due (o tre, sento che Franco durerà poco!) prima dei trentotto... Cambiare fa perdere tempo: è un lusso per presuntuosi, per sfacciati sognatori. Certe vite pesanti richiedono che tutto rimanga tale e quale, anche l'amante: tra una menata e l'altra una boccata d'ossigeno e via, si riprende la salita.

Bisogna essere modesti per sapersi accontentare. Pragmatici, per costringere gli altri ad accontentarsi. Invece noi non siamo né modeste né pragmatiche: ottenere con il sudore della fronte un premio ci fa venire in mente un ciclista in brachette, altro che una gran donna. (Purtroppo, però, sono giunta anche a questa conclusione: si deve correre semplicemente perché chi si ferma è perduto, e il premio non c'è quasi mai.)

Per il lavoro di ricerca che fa, il tuo sposato & soddisfatto è abituato a studiare e capire (o non capire) senza protestare. Un boccone indigesto per noi dilettanti della sofferenza: del resto i nostri mestieri da ciarlatane confermerebbero i miei sospetti. Insomma, mi spiace per questa botta di maschilismo, ma sono dalla sua parte.

Come vedi, nonostante il tuo esordio cheap, sto spostando la questione sulle alte vette dell'esistenziale. Deve essere l'idea di mollare Franco, che mi sta facendo riprendere quota... la classica euforia che precede il tracollo psichico?

Baci,

Ili

# Dodici

Finalmente era arrivata nel suo monolocale. Che senso di pace, di sicurezza. Un pomeriggio che avrebbe ammosciato un toro, ma non lei. E poi in quel monolocale ben arredato si sentiva letteralmente a casa sua: quarantaquattro metri quadri intestati a Roberta Ingrid Pagni, anche se Dolores la credeva in affitto. Dei soldi fregati a Renzo aveva fatto una cosa equa, metà per sé e metà per la sua cara mammina. Mai essere troppo buoni nella vita, ci si pente sempre, e per la delusione si diventa cattivi. Invece, potendo, bisogna essere giusti, così ci si sente anche liberi: con quei sessanta milioni di vecchie lire aveva risarcito Dolores dei contratti (quattro a essere generosi) andati in fumo tra pancione e allattamento. Aveva pure calcolato gli interessi e l'inflazione. Erano pari. Per carità, non voleva fare del sarcasmo, davvero era al mondo grazie a Dolores. Grazie di cuore, mami. Ma almeno il debito-panza era estinto. Amen.

Comunque, una giornataccia come quella di oggi non

la voleva rivivere mai più. Non c'era ragione: che cosa avevano da dirsi, loro due? Due adulte agli antipodi, l'una smaniosa di vita, l'altra dominata da livore distruttivo (e autodistruttivo).

Nella sua tana così allegra poteva lasciarsi andare ai sogni più belli: per esempio, incontrare di lì a poco uno sceicco, che col suo cavallo bianco l'avrebbe trasportata d'incanto in un mondo magico, senza traccia di Dolores. Dove lei si chiamava Casti e non Pagni. Uno sceicco (neppure arabo), che le avrebbe regalato la sua lampada di Aladino senza farle pagare pegno.

Secondo una sua amica psicologa, Roberta avrebbe dovuto covare in sé la rabbia tragica della figlia del Bronx. Un'esistenza di reietta, con il padre degenere che l'aveva mollata nella culla, in balia di una madre incattivita dalla malasorte, in perenne bolletta, che le rinfacciava dalla mattina alla sera quanto le era costato generarla. Nulla di strano se avesse avuto voglia di scappare, anche a costo di scambiare ciuchi per purosangue. Invece Roberta con gli uomini aveva storie tutto sommato corrette, nessuno l'aveva delusa o ferita più di tanto, neppure quel vizioso viziato di Renzo. D'accordo, non si era mai innamorata, ma questo era un altro discorso, lei era troppo invaghita di se stessa per invaghirsi di qualcun altro. Però il suo narcisismo non era cieco, né la sua megalomania malata: il bisogno di favole stellate non entrava in conflitto con il senso della realtà, né con la capacità di autoironia.

Ma il mondo era anche di Roberta Casti. Perché no? Che cosa aveva concluso Dolores con il suo disfattismo? Un cavolo, una donnetta sola e grama, ecco il risultato. A che cosa le era servito amare troppo, e male? A niente, solo a non amare nemmeno se stessa, nemmeno Roberta, che, fino a prova contraria, era l'unica cosa riuscita della sua vita. Almeno secondo Roberta. Se il prezzo delle passioni (incluse quelle per le professioni mitizzate) era questo, meglio provare ragionevoli sentimenti. Adorare se stessi e stare bene con gli altri. Valeva la pena, come aveva fatto Dolores, di circumnavigare mezzo mondo, in acque burrascose e salate per gridare ancora e sempre, «*Beach*»? Lei non avrebbe navigato a vista, in fuga da tutto e da tutti, ma sarebbe rimasta giudiziosamente in sella, meglio se di un prodigioso cavallo bianco. Lancia in resta, alla conquista di... Sarebbe diventata qualcuno, ovvero sarebbe rimasta se stessa. Una bambina adulta. Una star comunque, non importa se camuffata da scrittrice, regista, opinionista in tacchi a spillo, esponente di chissà quale controavanguardia, o casalinga (di lusso). Lei sarebbe andata avanti, senza lamentarsi, senza rompere.

Chissà se sono sempre veri i luoghi comuni, per esempio che la necessità aguzza l'ingegno. Davvero era debitrice del suo ottimo carattere a Dolores? Più di vent'anni in sua compagnia: una quisquilia che avrebbe scornato un rinoceronte. Ma lei non aveva fatto una piega, lei tirava diritto imperterrita. Ne aveva di fiato. D'accordo, il tratto di strada che aveva scelto per caso, quello del giornalismo, si era rivelato per molti aspetti deludente. Ma in fondo era solo un tratto di strada provvisorio, un primo giro di prova, insomma.

Roberta era certa di trovare dietro l'angolo, prima o poi, un favoloso passaggio in limousine.

# Tredici

Interessante la tua teoria sulla disciplina, Ilaria, e grazie per il conforto teorico: mi piacerebbe che fosse così, però dimentichi un particolare importante, tu sei molto bella e questo sperimentalismo da avventuriera che si butta perché sa di avere la rete e pure il pubblico che le batte le mani, appartiene più a te che a me, è il tuo film, non certo il mio.

Io non sono e soprattutto non sono stata, da ragazza, corteggiata e vezzeggiata; non ho scelto, fra i tanti pretendenti, di sposare uno scrittore famoso; e anche se, purtroppo, mi sono beccata in pieno gli anni Ottanta, non ho mai sentito il successo a portata di mano. Non ho rifiutato gli alimenti per orgoglio, non mi sono comprata una bella casa a trent'anni, non ho un ottimo stipendio, non basto comunque a me stessa (guai se non ci fosse Giacomo!), non risorgo dalle ceneri di continuo. Sono onorata da questo parallelismo tutto a tuo sfavore, ma io nella faccenda con lo sposato & soddisfatto mi sento un tantino vittima, un tantino Calimero. Lui sarà anche disciplinato e colto, però mi sa che io sono un po' gonza. E anche molto torinese, perché sono malinconica e diffidente, ed è facile che mi senta raggirata. Dagli uomini e soprattutto dalla vita.

Comunque, per scendere di livello, ti comunico che inizio a nutrire sentimenti veramente bassi nei confronti della moglie, racchia e sciatta. Non capisco come possa portarsela in giro senza farsi assalire da seri dubbi. Come vedi sono piuttosto scema, e tra palestra, massaggi, e shopping di varia natura (reggiseni push-up, creme, profumi e cotillon), sto vivendo decisamente al di sopra delle mie possibilità.

Almeno una volta le amanti facevano le mantenute, adesso ci tocca pure fare degli investimenti a perdere, per rinsaldare i matrimoni altrui.

Che vitaccia da cani. Quanto mi piace piangermi addosso! Però non mi cambierei con nessuno al mondo in questo momento, l'ossessione amorosa fa vivere sui carboni ardenti ma mette anche le ali, e fa minimizzare qualsiasi rottura pratica.

Infatti, debbo andare a fare la spesa e sono in ritardo.

Un bacio da una scema indisciplinata.

Daria

PS: della disciplina parleremo un'altra volta, quando non sarò più innamorata, ovvero quando avrò un piede nella fossa, perché non riesco nemmeno a immaginarmi senza questa storia.

# Quattordici

Tra il dire e il fare c'è di mezzo il mare. Ilaria aveva voglia di rispondere a Daria e aveva pensato di rifilare l'inchiesta a Roberta, ma quella furba le aveva risposto che l'indomani partiva per Roma, e che oltretutto era stesa da una litigata furibonda con Dolores, la sua terrificante genitrice. Così si doveva puppare lei il pezzo: avrebbe perso più tempo se avesse cercato la solita collaboratrice scarsa dell'ultima ora.

L'inchiesta, ovvero la peggiore delle torture per un giornalista semiserio: un argomento del cavolo, tipo «Il mondo è dei single?» su cui sentire venti pareri del menga. Di rado si trovava qualcuno disposto ad ammettere qualcosa di plausibile. Eroi, grilli parlanti o cretini integrali? Forse solo animaletti che cercavano di sopravvivere. Condizione essenziale, non dirsi la verità.

Da un po' di tempo Ilaria aveva smesso di invidiare chiunque (a parte Daria innamorata): sinceramente, non le sembrava il caso. «Di gelato non ce n'è più», diceva Simone, un amico risucchiato da chissà quale casino esistenziale. Tutti in corsa per coltivare scomode ansie, tutti insicuri, smaniosi, illividiti dalla bile: quando andava bene. Eppure, senza catene che cosa si è? Dei bastardi senza padrone, interessanti solo per gli accalappiacani. Che visione deprimente. Come aveva fatto a ridursi così, e in pochi anni? Doveva parlarne con Daria. O forse no, meglio non indagare, meglio concentrarsi sull'argomento del pezzo, che doveva esser pronto prestissimo, tanto per cambiare. Magari avesse potuto chiedere: «Scusi lei, a quale categoria di bastardo pensa di appartenere? Sciolto, o alla catena?» Di sicuro Ilaria, nonostante le ultime sfighe sentimentali, si sentiva una bastardella orgogliosa, sciolta. Indisciplinata, appunto. Forse – dopo essersi buscata una ragionevole dose di bastonate – anche un po' libera. Tirate le somme, non avrebbe desiderato essere un'altra.

«La vita è una trottola che fa perno sul culo», amava ripetere il suo ex marito Vanni. D'accordo, ma quel giro di trottola era meglio farlo con la testa alta e il culo sodo (se non era sodo, come poteva far da perno?). Stava divagando: se voleva ritagliarsi il tempo per la palestra (grazie al cielo lei non aveva mai avuto bisogno di innamorarsi di un altro per innamorarsi di se stessa) doveva spicciarsi.

«Ciao Chiara, sono Ilaria, come va il programma? Ah sì? Sono proprio contenta. Senti, ti ho chiamata per sapere che cosa ne pensi delle donne famose che si spogliano per una giusta causa...»

«Che sono fasulle, ecco quello che penso, ma non lo

scrivere per favore, non ho voglia di polemiche, poi mi tocca pure rispondere. Scrivi un po' quello che ti va, mi fido di te, una delle solite boiate, una cosa mezza e mezza, così facciamo contenti tutti.»

Già. Chiara era simpatica, una tipa per bene, intelligente, colta, una perla rara nel mondo dello spettacolo. Pacata, ironica. Era prevedibile la sua risposta, e anche comprensibile. Chi glielo faceva fare, a cinquant'anni suonati, di far polemica con le Garcia e le Valenti di turno? Ma allora, chi chiamare per una stilettata al curaro? Ah sì, Aldo Busi.

«Guardi, non me ne frega niente di quelle culone che si mettono nude, lo fanno solo nel loro interesse, per dimostrare che il loro panettone non casca nonostante l'età. Sperano in un nuovo ingaggio nella prossima stagione. Comunque, io non me le farei mai e poi mai. Per me si potrebbero pure buttare giù dai Faraglioni. Anche quella che si è fatta fotografare col suo orrendo pancione, al nono mese di gravidanza. Se si butta, la signora, fa un'azione doppiamente meritoria: nei nostri confronti e nei confronti del nascituro.»

Ci andava giù piatto Busi, forse era meglio attenuare qualcosa. Non più di tanto, però. Era stato spiritoso: e poi, se le poteva permettere, le sue sparate. Scrittore di successo, era bravo davvero. Aveva avuto una vita spericolata, una vita come quelle dei film. Dopo una vita così, poteva dire quello che voleva. Aveva sofferto tanto: poteva sfoggiare il lusso dell'intemperanza verbale, o, più busianamente, poteva dire quel cazzo che gli pareva.

*Che resta di tutto il dolore che abbiamo creduto di*

*soffrire da giovani? Niente, neppure una reminiscenza. Il peggio, una volta sperimentato, si riduce col tempo a un risolino di stupore...* Che attacco straordinario. Perché Busi perdeva quasi dieci minuti del suo tempo a parlare con lei di una soubrette incinta nuda? Per rabbia, forse. L'intelligenza è una qualità scomoda, e quando la si ha ci si deve convivere.

Con pochissimi sprazzi divertenti (in pratica, solo quelli di Busi) aveva ormai raccolto nove pareri, quanti gliene occorrevano. Cinque stroncature inequivocabili (come voleva lei) e quattro giudizi né carne né pesce (sempre come voleva lei). Perché, lo sapeva bene Ilaria, quella dell'imparzialità era una panzana colossale. In tutta l'esistenza, cercando di sopravvivere, si cerca solo di essere dalla parte di se stessi. E l'amicizia significa essere comunque dalla parte di qualcuno che è comunque dalla nostra parte. La moglie dello sposato & soddisfatto avrebbe potuto anche scrivere la *Recherche*: per lei e per Daria era solo una cozza attempata, noiosa, e passata di moda, col suo Sessantotto sbandierato e finto. Lei il suo maritino di potere se lo teneva eccome (e chi se la pigliava, quella?). Mamma mia, che cattiveria.

Aveva letto, in un libro di Cioran o forse in un bigliettino dei Baci Perugina, una frase che l'aveva folgorata: *Se ci vedessimo con gli occhi degli altri scompariremmo all'istante.* Sacrosanto. E lei aggiungeva un corollario: *Pensiamo solo a noi stessi, nei limiti in cui possiamo pensare a noi.* Altro che capire quello che desiderano gli altri.

Ilaria non le sopportava più le cause nobili, figuriamoci quelle cavalcate da certe sagome al polistirolo. Se non poteva scrivere la verità nuda e cruda almeno poteva ancora pensare negativo, anzi negativissimo. Che facessero pure spettacolo sulla pelle altrui, quei buffoni miliardari. Che facessero pure spettacolo sull'Aids o sui profughi del Kosovo. Lei aveva ogni diritto di pensarne tutto il male possibile.

Tignosa, incavolata, ultrascazzata: probabilmente Ilaria era per il suo direttore una buona giornalista, o quanto meno, una giornalista decente. Sempre che si possa essere giornalisti decenti (o, più in generale, adulti decenti).

Di questo era decisamente meglio discutere con Daria.

# Quindici

Sono indisciplinata anch'io e mi va di cambiare registro. Domanda da mille punti: secondo te, innamoramento a parte, si può essere degli adulti decenti? Voglio dire, si può diventare qualcosa di meglio che un essere integrato o compromesso, incapace di sentire le ragioni (o le sofferenze) degli altri? Oppure l'alternativa è non crescere mai, vivendo in perenne competizione con chi si è rassegnato all'evidenza dei fatti? Sto generalizzando, lo so, ma è la mia specialità, il mio mestiere.

Però, sto anche risorgendo dalle ceneri, e sono alquanto creativa: mi sento più ribelle che mai, ho voglia di pestare i piedi, di fare i capricci. Starò regredendo, oppure sto per esplodere, una pentola a pressione che si è stufata di funzionare.

E dire che al giornale mi considerano una donna fredda e determinata: non oso immaginare come mi giudichi quella ragazza di cui ti ho parlato, Roberta. Mi fa tenerezza e simpatia, forse perché mi ricorda l'Ilaria di dieci anni fa (ti pareva che riuscissi a staccarmi da me stessa, per dieci secondi!). No, la cosa non è reciproca. E mi sovviene un altro spinoso dubbio: che tutti i giovani trovino orridi gli adulti, anche quelli che non si sentono tali?

Ho capito, non te ne frega niente, lui giovane non è, quindi la faccenda non ti riguarda. Però lo sposato & soddisfatto è anche il prototipo dell'adulto risolto, quindi non sono andata troppo fuori tema, signora maestra. Anche se deve avere qualche inaudita qualità infantile, per averti fatto innamorare così. Aspetto con ansia l'elenco delle sue prodezze (non solo erotiche).

Fammi sapere, friggo dalla curiosità

Ili

# Sedici

Si vede che era la festa nazionale della litigata con la mamma: finita l'inchiesta, mandata la missiva a Daria, Ilaria aveva litigato con Claudia, la sua angelica mammotta. L'esatto contrario, da quel che ne sapeva, di Dolores. Una di quelle mamme così buone che fanno sentire perennemente in colpa (ragion per cui, a loro volta, si sentono perennemente in colpa). Il massimo del faticoso, insomma. Discreta, rispettosissima delle scelte di Ilaria. Pur non avendone capita nemmeno una.

Non aveva capito il suo matrimonio con Vanni, anche se poi aveva amato Vanni finché Vanni aveva amato sua figlia. Non capiva ora quel suo strano rapporto con Franco, di cui sapeva pochissimo, quel pochissimo che bastava a farle dedurre che lui non stravedeva per la sua bambina.

Claudia, Claudia: in un angolo del suo cuore un po' avvizzito, Ilaria la sentiva maledettamente sua. Nonostante cercasse invano di difendersi dall'amore claudiesco, fatto di rinunce, raccomandazioni e canottiere di lana, un amore formato famiglia che protegge, ingabbia, ricatta, omologa, impedisce di spiccare il volo (o evita lo sfracello). Un amore, come tutti gli amori pretesi dal sangue, e non capitati on the road, che toglie libertà a chi ama e non lascia scampo all'amato. La sentiva un pezzetto di sé, ma in tutta la sua giovinezza aveva cercato forsennatamente di staccare da sé quel pezzetto, chiamiamolo pure cordone ombelicale. Essere la figlia di, la nipote di, la sorella di non le piaceva affatto, anzi, detto fuori dai denti, la soffocava. L'appartenenza: una mortificazione intollerabile per il suo ego dilatato, una palla al piede per le sue fragili forze, un buco troppo angusto per il suo scazzo cosmico. Lei voleva essere Ilaria e basta, leader di se stessa, leader della propria rivoluzione. E com'era ingenuo, allora, il suo miraggio inconsapevole di ventenne: realizzarsi come avventuriera, spiccare il volo dal suo territorio sovraffollato per conquistare orizzonti più vasti e liberi. Per respirare a pieni polmoni, per diventare il capo riconosciuto di un suo mondo, di una sua tribù. Per essere in grado di portare, dopo il trionfo, meravigliosi doni a tutti, principalmente a Claudia, che l'avrebbe ringraziata per essere scappata da lei (ma il dono più grande che Ilaria poteva fare a Claudia non era quello di restare? Che catastrofe, la famiglia).

In fondo, a quel tempo, non le sembrava di pretendere chissà che. Alla faccia. Lei non era, non sarebbe mai stata Ilaria e basta: dalla nascita lei era Ilaria perché figlia di Claudia ed Ernesto, sorella di Francesco, nipote di Anna. Non era il capo di un tubo, era il membro di una famiglia scomoda (come tutte le famiglie) che apparteneva a un mondo ancor più scomodo affollato di pinocchi.

Ilaria aveva sempre avuto bisogno di leggerezza: l'insostenibile pesantezza della vita (nascite e morti a ciclo continuo) l'affliggeva dalla punta dei piedi fino alle doppie punte dei capelli. Da figlia, da nipote, da sorella, Ilaria amava male, con la sensazione di soffocare da un momento all'altro. Tanto da avere bisogno di fuggire il più lontano possibile per respirare liberamente, senza il rischio di ferire né di farsi ferire, senza giudicare né farsi giudicare.

Claudia era riuscita ad accettarlo, tutto questo, dopo la miriade di parole vane che si erano dette? Anni di sfinenti bla bla, in tema di vita quotidiana, quel ripetersi degli eventi tanto caro a Claudia (così sembrava) e tanto deprimente per Ilaria. Trentamila giorni tutti uguali, fatti di piccole abitudini, per arrivare quieti (rincoglioniti) alla morte. Senza nemmeno prendersi il gusto di reagire, di far casino, protestare, anzi ripetendo come scolaretti diligenti e citrulli la tetra litania dello spirito di sacrificio: ci si sacrifica per il bene dei figli che a loro volta si sacrificheranno per il bene di altri figli, in una specie di ruota della sfortuna che non lascia nessunissima possibilità di svicolare a tutta mancina.

Come era sicura delle sue teorie da bastian contrario, allora. Ma anche adesso, che di certezze ne aveva meno di mezza, e che di avere ragione non gliene fregava uno zero tondo, a pensare a certe situazioni le tornavano i brividi. Che malinconia i Santi Natali all'inseguimento delle Befane e delle Pasque, i pacchetti luccicanti dei negozi del centro, i battesimi vestiti di pizzi e fiocchi, i funerali avvolti di nero e di velluto, le torte con le candeline, gli anniversari di matrimonio, le bollette di rate residue.

Riti per sentirsi tutti più vicini. No, per sentirsi tutti inutilmente più vecchi. Più uguali. Passi inutili, passi vecchi: ma almeno, diversi. Soli con stile. E infatti lei adesso era sola come un cane, con stile.

Porca miseria ladra, dove voleva andare a parare con questi cupi pensieri? Come assomigliava a Claudia, nel suo pessimismo. Come erano sorelle, benché antitetiche, la ribelle Ilaria e la remissiva Claudia. «Orgogliose e severe», ferite da chissà quali differenti badilate di merda (o magari dalle stesse). E non se l'erano mai detto. Avrebbero dovuto trovare il tempo per corteggiarsi, come si fa all'inizio di una storia d'amore. Avrebbero dovuto far di tutto per piacersi, ingannandosi anche.

Che meraviglia, una meraviglia al cubo. Ballare assieme il cha-cha-cha, magari sul cubo di una discoteca. Ubriacarsi di Cuba libre, con la brezza di un esotico mare tra i capelli. Sdilinquirsi con parole piene di zucchero, con poesie a rime baciate, con carezze finalmente appagate. E invece no. Richieste d'amore eluse, spiegazioni non richieste, sensi di colpa a pacchi e facciamoci del male.

Da ragazza, prima a Torino e poi a Modena, Ilaria di male se n'era fatto (e ne aveva fatto). Aveva sempre cercato di non ingannare Claudia. Altro che cha-cha-cha e Cuba libre. Ore a spiegarsi, razionalizzare. A spiegarla, razionalizzarla. Infine, a contestarla. Che pesantezza, nessuna brezza marina, ma overdose di nebbia prodotte da discussioni inutili. Che pizza.

L'intelligente Ilaria che spiegava a Claudia la paziente. La quale, da brava stoica, sopportava le sue concioni. Comunque, alla fin fine, aveva avuto ragione quell'altra gattamorta. Perché è evidente: la vita è una prova di pazienza, non certo d'intelligenza.

Ilaria, una figlia in fuga. In fuga sempre, e concentrata in questa impresa che le serviva soprattutto per far colpo su Claudia (i paradossi della vita!). Per sentirsi dire, infine: «Brava! Tu sì che hai capito qualcosa, tu sì che ce l'hai fatta!» Come se ci fosse qualcosa da capire, come se quel «brava» potesse esorcizzare il male di vivere: suo, di Claudia e di altri cinque miliardi di adulti pisquani alle prese, ciascuno, con uno stuolo di gatte da pelare tutti i sacrosanti giorni.

Povera Claudia, lei così desiderosa di pace, di ripari sicuri, aveva avuto accanto solo persone ambiziose, irragionevoli, che sfidavano oltre il dovuto una sorte già precaria. Agitati cronici che non facevano che tradirla, fuggendo da lei, dai ranghi, per partire verso l'ignoto, approdare a porti meno accoglienti. Come se l'amore di Claudia fosse un fardello più pesante dei guai che possono capitare sempre e dovunque (ma non era vero neanche quello: la verità crudele era che il suo amore lo conoscevano, i guai no, almeno quelli erano nuovi, emanavano un sentore di pur effimera e ingannevole libertà).

Che cosa aveva raccolto Claudia in una vita passata a seminare? Un figlio, Francesco, ormai trapiantato in Australia, a condurre una vita esotico-rurale poco comprensibile alla pur aperta mentalità materna; un marito, Ernesto, che appena poteva, e con qualsiasi scusa, se la squagliava per raggiungere in Australia il figlio; una figlia minore, Ilaria, che viveva a due ore di distanza, ma era più lontana dei canguri. Che bilancio per una chioccia doc! Eppure mai che si lamentasse, anzi andava fiera della sua nidiata.

Allora perché mai Ilaria aveva litigato con Claudia quella sera? Quasi a voler offrire una superflua riprova del fatto che era lei la più incapace di serenità, nel giudicare e nell'affrontare i giudizi altrui.

Perché si era messa a blaterare di politica, quella sera? Non poteva starsene zitta, limitandosi tutt'al più a chiedere notizie di Francesco: «Come sta?» «Le sue mucche che cosa ci raccontano di bello?» «Che tempo fa laggiù?» o magari, «Che tempo fa nel tuo cuore, Claudia?».

Ilaria sperava sinceramente che fosse meno buio e tempestoso del suo.

# Diciassette

Finalmente proponi un argomento interessante, degno di una rimbecillita sentimentale. Direi che mi sono innamorata di lui proprio perché non ha qualità infantili: ho fatto il pieno di irresponsabili, di eterni adolescenti, di nevrotici in crisi perenne, di sensibiloni che senza batter ciglio si fanno mantenere dai genitori o dalle fidanzate.

Se non fosse che nelle faccende amorose il ridicolo è sempre alle porte, azzarderei che mi piace un casino proprio perché è un uomo sul serio, certo un po' duro, prepotente e arrogante, ma anche affidabile e responsabile, affatto lamentoso, e consapevole, e comprensivo. Sa ascoltare, insegnare, glissare... sa che strada prendere, sempre. E mi attizza assai che nelle faccende di sesso sia lui a sobbarcarsi ogni tipo di iniziativa. Non se ne può più di fare le liberate e realizzate in tutto, anche nel letto. Almeno in orizzontale riposiamoci un po'. La nostra generazione si è puppata tutte le scorie radioattive della cosiddetta emancipazione senza nessuna ebbrezza pionieristica, il nostro femminismo (se per femminismo si intende farsi un culo così, senza rete) è un dato di fatto per nulla rivoluzionario, anzi di un conformismo deprimente. Ma di questo abbiamo già discusso altre volte.

Cosa mi piace ancora di lui? Che quando litighiamo, anzi quando litigo, non si sposti di un millimetro, ma che poi, quando mi pento dell'autosospensione (sapessi quante volte ho cercato di mollarlo!), non mi faccia pesare niente, con l'aria sorniona di chi comprende le mie legittime rimostranze, ma al tempo stesso sa che poco è meglio che niente.

Tu dirai: «Che stronzo», ma almeno ha le idee chiarissime, l'esperienza gli è servita a qualcosa, altro che i cagadubbi che mi sono capitati a tiro, bisognosi di far ricadere su di me il peso di non amarmi più.

Non so per quale alchimia folle ma mi sento amata da lui, mi fido di lui, è forte, determinato, una specie di bussola nel deserto della mia vita adulta.

Tutte queste sono solo divagazioni: la verità è che lui, insomma, hai presente l'altra metà della mela? Ecco l'ho detto, finalmente, viva il romanticismo, alla faccia dell'ironia difensiva, sono stufa di essere spiritosa e scettica. Sento di appartenergli, e pazienza se la multiproprietà fa parte dei nostri tempi o del mio destino (e se fosse davvero una formula magica & economica per far contenti tutti?). Sono anche convinta del fatto che, alla nostra età, dopo sperimentazioni e toppate sentimentali, si inizi a capire quello che si vorrebbe: e io vorrei lui. Almeno essere sinceri nei desideri e nei sogni, che cazzo!

Daria

PS: dimenticavo alcuni particolari importantissimi, almeno per te: mi fa sentire giovane e bella come non mi sono sentita mai, e, complessivamente, tra una sparizione e l'altra, desiderata. Che me la stia cantando e suonando da sola?

# Diciotto

Per fortuna questa volta in casa c'era Danila. Distrutta dall'ultimo amore andato a puttane, ma affettuosa e materna come sempre. Come preparava la tisana al mirtillo Danila, non la preparava nessuno. E come si cianciava con lei, non si cianciava con nessuno. Le sarebbe piaciuta davvero, una mamma così. Si erano scelte subito, Danila e Roberta: si erano annusacchiate, ed era scattata la scintilla dell'amicizia. Roberta non aveva mai avuto dubbi: la sua lucida consapevolezza sarebbe stata come cacio sul tenero lasagnone Danila. Un lasagnone fatto di ingredienti genuini: come non andare in sollucchero per quella ragazza (si fa per dire, non era più un virgulto) così ingenua, così fuori dalla realtà, così convinta ancora che i suoi sogni si sarebbero realizzati senza compromessi, né sbattimenti? Danila Nero, la grande star! Una che viveva in una catacomba scambiandola per la dépendance di un palazzo principesco, una che non aveva mai provato un'ombra di invidia per Roberta, più giovane e più fortunata di lei. Danila era davvero una donna superiore, altro che Ilaria. Sarebbe stata capace di godere di un contratto miliardario piovuto dal cielo su quell'ingrata di Dolores proprio mentre il direttore della banca telefonava per dirle: «Signorina, sono davvero spiacente, se non rientra subito dal debito sarò costretto a farle pignorare i mobili, e pure i vestiti di scena».

In fondo Roberta non poteva lamentarsi: nonostante il rovinoso esordio con Dolores, aveva avuto la fortuna di calamitare spesso persone belle. Lì, in quella specie di garage con le tende a fiori, Danila era un esemplare fra i tanti del suo scicchissimo campionario.

Respirava a pieni polmoni l'aria umida della cantina. Via via che si allontanava da Dolores e da Milano, si sentiva sempre più sana, fino a scoppiare di salute. Che carina Danila, sembrava uscita da un quadro di Renoir. Un misto di bimba antica e di zitella postmoderna, una spiritosa autentica che, con ironia e talento (quanto talento comico aveva, possibile che nessun regista se ne accorgesse?), le raccontava l'ennesima fregatura. Tanto per cambiare, un amore disastroso. E lei, Roberta, che cercava di aiutarla come poteva, buttando qua e là battute e spunti buffoneschi.

La depressione non impediva però a Danila di disporre i barattoli delle sue tisane «miracolose». Da circa sei mesi era stata presa da una smania salutista, e si consacrava con entusiasmo alla nuova fede. Da quando Roberta la conosceva si era immersa in ogni genere di esperienza alternativa: yoga, filosofia tibetana, medicina omeopatica, interpretazione dei sogni e dei tarocchi, oroscopi cinesi, fondi di caffè, mappe delle vite precedenti, fino a giungere alla più recente convinzione: che il mondo fosse popolato di angeli. In via Barberini si era piazzato di sicuro «il Barbie», l'angelo della catacomba – così soprannominato da Roberta – un angelo bislacco, tanto geloso degli amori della sua protetta da farglieli andare tutti in vacca. Era sempre stata così Danila: partiva in quarta per una cosa prima ancora di sapere se questa cosa esisteva, seminava giorno e notte senza chiedersi se mai avrebbe raccolto un carciofo o una pera. Talvolta, addirittura, prima ancora di iniziare a spargere i semi, stava lì a fantasticare su come avrebbe diviso con gli amici i quintali di carciofi e di pere raccolti nella futura, ridente stagione.

Danila viveva come un albero piantato nel centro di una metropoli inquinata: espirava aria buona per tutti, e inspirava i gas di scarico di ogni trabiccolo di passaggio. Eppure, nonostante i soldi e il lavoro che non aveva mai, gli amori che finivano prima di cominciare, era il ritratto di un'adulta bambina più che decente, quasi felice. Sicuro, certi giorni piangeva anche lei lacrime abbondanti, ma senza recriminazioni per quello che non aveva ottenuto, né astio per chi aveva ottenuto più di lei. Come stava bene Roberta quando andava a trovarla, altro che in quel cesso disordinato della casa materna, dove Dolores campava malissimo smaniando sempre di essere altrove; che pacchia rilassarsi in quella catacomba, godersi la compagnia di Danila, la tisana al mirtillo e il morbido divano sfondato. Quasi quasi poteva affittare o vendere il suo monolocale di via Cenisio e iniziare a cercarsi una sontuosa dimora romana da dividere con Danila. In fondo perché stava a Milano? Solo perché faceva la giornalista, sai la furbata.

All'ipotesi suggestiva di cambiare lavoro se ne aggiungeva fra l'altro una più suggestiva ancora: mettere seicento chilometri di distanza tra sé e Dolores.

# Diciannove

E meno male che l'hai messo nel poscritto, che ti fa sentire giovane e bella: come se fosse un dettaglio, ti dimentichi che stiamo per diventare due carampane di quarantenni (splendide, d'accordo, ma pur sempre quarantenni)? Invece con Franco mi succede il contrario: mi fa sentire vecchia e inadeguata, anche se non è direttamente responsabile delle mie insicurezze: a modo suo è affettuoso, mi riempie di complimenti. Ma io sento che è tutto precario, che la prima giovinetta in fiore disposta a fargli credere qualche solleticante fandonia farà saltare per aria la storia. Però è il mio lato torinese che parla, invece quello più sano, quello importato da Modena, mi racconta che sarò proprio io ad accendere la miccia, perché posso avere di più.

Mi sono stufata di questo signore che va e viene dalla mia vita senza prendere nessuna decisione, un signore che tra l'altro non mi ha mai charmato particolarmente.

Chissà perché non ho scelto Ruggero: con lui l'intesa intellettuale è sempre stata perfetta, e invece ho seguito l'intesa del corpo. E questo pone un altro dubbio fastidioso: il corpo non mente, ma allora perché tanto spesso ci dirige in porti sbagliati? Tu provi un'attrazione fisica che va di pari passo con l'ammirazione. Credo sia l'equilibrio più difficile da trovare in amore, perché c'è quasi sempre un tranello, uno scompenso. Ho amato Vanni come si può amare un maestro fascinoso: io avevo poco più di vent'anni, e lui aveva successo, bellezza, cultura, ero davvero persa di lui, roba da cuore e batticuore. Eppure il sesso è stato un disastro.

E poi, la tua missiva mi ha anche illuminato su quello che meno mi piace di Franco, che, al contrario del tuo sposato & soddisfatto, è bugiardo, ma così bugiardo da risultare quasi comico: di sicuro mente per non farmi soffrire, ma così insulta la mia intelligenza, mortifica il mio ego, già alquanto mortificato dagli anni che passano. Dopo l'ustione con Vanni credevo di essere immune da ogni patema amoroso: e invece Franco è inaffidabile, tergiversa, ondeggia, dubita. E per paura di farmi del male, mente di continuo, facendomi ancor più male.

Che assurdità: ma tutto questo ha i giorni contati, il tuo innamoramento mi ha fatto intuire quanto sia inutile trascinare una storia in cui non c'è traccia d'amore. Qui c'è solo ostinazione, e narcisismo e orgoglio ferito. E siccome alla fin fine prevale sempre e ancora il mio lato imperiale e magnanimo, ho deciso di uscire di scena alla grande, facendo a Franco un ultimo regalo: mi assumo io la responsabilità del nostro tracollo sentimentale: quando mollare un uomo è una liberazione, soprattutto per lui. Titolo a effetto che avrei potuto rubare a Vanni. Come vedi sono la regina del riciclo. In altre parole, nella vita tutto serve, anche gli stronzi.

Fammi avere notizie del tuo incendio.

Ilaria

# Venti

«Davvero fa la giornalista? Una ragazza così giovane e carina? La credevo una fotomodella o un'attrice.»

«No, no, faccio proprio la giornalista, purtroppo. E aspetto che Malpica si degni di ricevermi per raccontarmi le sue rivoluzionarie novità del palinsesto.»

«Perché purtroppo? Il suo deve essere un lavoro interessante.»

«No, guardi, si fidi: fa abbastanza schifo, è monotono e ripetitivo.»

«Come tutti i lavori, dopo un po' che si fanno.»

«Forse. Ma in alcune professioni sgobbi e poi il figo sei tu... Qui invece si sgobba solo per rendere più fighi i vip. Oggi è richiestissimo il loro parere su ogni argomento: politica, guerre, Aids, stragi del sabato sera, andamento dell'euro, bambini violentati o gettati nella spazzatura, elezioni anticipate. Due palle. Fra l'altro li devi scovare, questi personaggi, e il più delle volte sono assolutamente irreperibili. Ma se ti va bene e li scovi, è persino peggio, ti devi pure sorbire le loro acute opinioni, che spesso non sono altro che emerite...

«Stronzate, dica pure stronzate.»

«Ecco, sì, appunto.»

Erano scoppiati a ridere. Chissà chi era questo sconosciuto che come lei aspettava di essere ricevuto da Malpica. Un giornalista no, aveva l'aria sana, nessuna stimmata da aspirante intellettuale frustrato. Faccia un po' abbronzata, barba rasata, capelli a spazzola, abbigliamento casual ma non troppo scaciato. Doveva avere tra i quarantacinque e i cinquant'anni, portava un buffo swatch colorato e non la interrompeva ogni cinque minuti per rispondere a un cellulare della lippa.

«Be', messa in questi termini... Ha una visione piuttosto chiara delle cose, per essere poco più che una ragazzina.»

«Veramente ho già compiuto ventisei anni.»

«Ma allora non avrà più nulla da imparare!»

«Questo no, so solo che prima o poi cambierò lavoro. Anzi, a essere sincera, ho chiesto di intervistare Malpica con un unico scopo: cercare di piazzare una mia idea di programma. A me, del suo rivoluzionario palinsesto, non importa un fico secco.»

Lo sconosciuto la guardava sempre più divertito.

«Non le manca certo la grinta. Lei è un vulcano in eruzione: bisogna che stia attento a non beccarmi un lapillo. E pensare che i suoi colleghi dipingono i giovani come dei veri mammalucchi.»

«Vede che gentaglia i giornalisti?»

«D'accordo, ma anche le altre categorie non scherzano. Gli attori e le attrici, per esempio. Lasciamo perdere.

Lei è stata lungimirante a non puntare tutto sulla bellezza. Una scelta che di solito non si fa alla sua età, quando ci si illude che il presente non finisca mai.»

«Più che lungimiranza è spirito di sopravvivenza: ho visto una persona andare a rotoli per la sua fissa di sfondare come attrice. Comunque, dal momento che le sto raccontando la mia vita, è meglio che mi presenti. Mi chiamo Roberta.»

«E io Franco, Franco Luci. A quanto pare oggi il direttore di rete ha deciso di farsi aspettare. Ma a essere sincero, da quando mi sono messo a chiacchierare con lei, aspetto più che volentieri.»

Era proprio Franco. Sulle prime le era sembrato lui, ma poi era prevalsa la convinzione che un tipo così importante non facesse tutta quell'anticamera, come un babalucco qualsiasi. È proprio vero che non vediamo mai le persone come sono sul serio: ce le immaginiamo soltanto. Franco era un tacchino professionista: perché stupirsi se lumava lei, tacchinella nuova di zecca? Però Franco aveva un'aria gentile e simpatica, non quella del cinquantenne di potere un po' porco.

Roberta adesso capiva un po' meglio Ilaria: non erano poi così strane le sue pene per un tipo simile. Franco Luci non aveva nulla del cuccatore classico. Era sicuramente uno stronzo, ma uno stronzo che ci sapeva maledettamente fare, un finto semplice, probabilmente (razza pericolosa). Senz'altro un puttaniere, ma con l'aria del bravo papà, non dello scafato playboy. Un papà premuroso e sornione.

«Il piacere è mio. Mi rendo conto che stavo frastornando un famoso produttore cinematografico con le mie baggianate.»

«Ma che famoso e famoso, faccio un lavoro del cavolo, come il suo: e sto aspettando che un direttore di rete del cavolo si degni di mettere in palinsesto, a un orario decente, *Un amore ridicolo,* film a cui tengo molto. Nelle sale non ha avuto il successo che meritava, e adesso spero in una rivincita in Tv. Finora però, Malpica non ha fatto che rimandare la messa in onda. Come vede, c'è sempre da ingoiare rospi o, come direbbe lei...»

«Merda, merda a palate.»

Si erano messi di nuovo a ridere. La faccenda stava prendendo una piega pericolosa.

«E la sua idea di programma di cui mi accennava poco fa?»

«No, per carità, non vale la pena di parlarne, tanto non se ne farà mai nulla.»

«Adesso non si camuffi da modesta, non mi sembra il tipo.»

«Ok, ok. Il titolo è *Nati per perdere*, si tratta di un talk-show sui perdenti, ma sui perdenti veri. Non su gente ex famosa, o roba del genere. Si invitano persone che non hanno mai combinato un tubo, persone che ci hanno messo anni a scrivere un romanzo e non hanno trovato uno straccio di editore disposto a pubblicarglielo neppure a pagamento. Registi che hanno investito tutti i loro risparmi, e anche quelli delle loro nonne, fidanzate, eccetera, per finanziare film mai usciti nelle sale.

«Ma allora a questo talk-show dovrebbe invitare quasi tutti!»

«No, non scherzi. La mia intenzione era prendere in giro quel tipo di Tv ipocrita dove tutto è bene quel che finisce bene, dove senti chi dichiara, dopo trent'anni di matrimonio, di amare il marito come il primo giorno. Ma chi ci crede?»

«Io no di sicuro.»

«Per esempio, vorrei realizzare interviste volanti in giro per l'Italia chiedendo a bruciapelo: 'Scusi, lei cosa prova, svegliandosi la mattina, quando vede sua moglie (o suo marito)?'»

«E cosa vuole che provi? Orrore!»

«Lo sapevo che dovevo stare zitta, che non mi avrebbe presa sul serio. Il mio *Nati per perdere* è una specie di seduta psicoanalitica di massa. Un rito liberatorio. Uffa, mi sono rotta. Così su due piedi è difficile spiegarlo.»

«Non si arrabbi e non mi picchi. Lo so bene: i progetti prima devono essere letti con calma, dopo discussi. Perché non mi porta la sua idea nel mio studio, uno di questi giorni? Non mi occupo solo di cinema, ma di produzioni in genere, posso farlo leggere a qualcuno di competente, senza nessuna promessa, s'intende, ma è sempre meglio conoscere il parere di un esperto... Non ne parli ancora a Malpica, mi ascolti, prima gli diamo una ripulita, se occorre, e poi l'aiuto io a ottenere un colloquio con una persona più in sintonia col suo *Nati per perdere*... Per questo genere di cose va meglio Anselmi.»

«Certo che va meglio Anselmi. Ma io non sono riuscita a contattarlo.»

Alla parola Anselmi, come se avessero nominato il nemico numero uno, si era aperta la porta della segretaria di Malpica ed era apparsa una biondona vistosa benché appassita. Con falcata ancheggiante, aveva raggiunto Franco, ignorando Roberta.

«Ma dottore! Da quanto aspetta? Il direttore non la sapeva qui! Entri subito, dottor Luci.»

«Veramente prima di me c'era la signorina Roberta...»

«Pagni. Ma non c'è nessun problema, io posso aspettare ancora.»

«Neanche per sogno. Anzi, facciamo così: io la precedo, ma farò il più in fretta possibile. E comunque l'aspetterò, per farle riguadagnare il tempo perduto. L'accompagnerò a casa, o dove vuole.»

«Veramente...»

«È venuta qui con la sua macchina?»

«No.»

«Allora, affare fatto!»

Affare fatto. Cazzo, era davvero un mito quell'uomo: con i suoi modi paterni, ma senza mai passare al tu, ammannendole saggi consigli (sia pure non richiesti), senza vendere fumo, era riuscito a trovare un sistema elegante per scorrazzarsi in giro una bella gnocca. D'altronde a Roberta non dispiaceva affatto la prospettiva di risparmiarsi l'autobus sovraffollato e la metropolitana. Ma a intervistare Malpica ci avrebbe messo mezz'ora, davvero Franco l'avrebbe aspettata tanto? E poi, l'avrebbe davvero aiutata a proporre *Nati per perdere*? Le avrebbe procurato un appuntamento con Anselmi? E lei sarebbe riuscita a continuare a chiedere, senza dare nulla in cambio? Roberta ventenne era in fibrillazione, mentre Roberta quarantenne pensava di non mollare niente, o, almeno, di mollare dopo.

«Signorina Pagni, prego, si accomodi.»

Ma guarda come la ruffianaccia la trattava con deferenza, ora. C'è proprio chi nasce servo: senza ancheggiare, con passo stavolta felpato, le aveva fatto strada con finta deferenza, una deferenza che strideva con l'occhiata malevola lanciata al suo abbigliamento (jeans e maglietta debitamente attillati). Con altre moine (false) l'aveva introdotta nel megaufficio di Malpica da dove Franco usciva tutto gasato. Per giunta, strizzandole l'occhio.

«Allora l'aspetto giù. Intesi?»

«Intesi.»

Sì, sì, non c'era dubbio: era proprio un gran figlio di puttana.

# Ventuno

Non voglio mai più sentirti parlare di anni che passano e di senso di inadeguatezza: ma dico, le hai viste le altre donne per la strada? Ti sei guardata allo specchio? Possibile che non ti senti sicura di te stessa senza tacchi a spillo-trucco perfetto-abito da sera? Ma quando ti comprerai delle belle ciabatte e sperimenterai che piaci comunque, eccome? Perché devi chiedere sempre troppo a te stessa? Questo bisogno di essere in ogni circostanza all'altezza della situazione può intenerire chi ti conosce bene, ma mette un muro invalicabile fra te e gli altri. Chi vorrà scoprire, al tuo incedere regale, quanto sei adorabile con la tua umanissima fragilità? Basta, ti sto coccolando troppo. E pensare che di coccole avrei un gran bisogno io! Ho fatto una litigata furibonda con lo sposato & soddisfatto: speravo di vederlo a Roma (lui era lì per lavoro e io potevo piazzarmi in casa di Ruggero), ma come sempre l'ineffabile ha dato la precedenza assoluta ai suoi impegni. Mi ha detto con cruda franchezza che a Roma non aveva tempo per me, semmai poteva prendere il volo per Torino il giorno prima. Carino, vero? La sua solita semidisponibilità prepotente, Roma era una situazione da fidanzati, meglio non allargarsi. Per lo meno, questo è il messaggio che è arrivato a me: ho reagito malissimo, gli ho detto cose tremende, che poteva trattare così la sua segretaria o quella vecchia cozza di sua moglie. Lo so, lo so: sono stata completamente priva di classe, ma è giusto fare sempre le donne superiori? Io questa situazione la subisco, altro che storie. Sono dieci giorni che non lo sento, lui non si sogna neanche di richiamare, aspetta che mi passi, che rilanci io, come se la sua onestà (non mi separo, se stai con me sono cazzi tuoi, piccola) gli permettesse tutto, qualunque durezza, qualunque porcata, qualunque prevaricazione. Sono molto stanca, molto stufa e molto infelice.

So che non è giusto accettare il suo comportamento, ma la sola idea di non sentirlo più mi fa stare così male, che vomito di continuo ansia e tristezza e paura. Che innamorarsi sia una boiata pazzesca?

Quasi quasi prendo il treno e vengo a trovarti, urge un conforto maggiore, anche la tecnologia ha i suoi limiti.

Lo prenderei a calci (ma se mi abbracciasse farei subito pace).

Tua

Daria

# Ventidue

L'intervista con Malpica era andata benone, Roberta aveva fatto la sua figura, elettrizzata com'era dalle circostanze. Malpica era rimasto favorevolmente impressionato dalle sue domande puntuali. Anche dalle sue pere sode, ma era un altro discorso: il direttore della prima rete non era proprio il suo tipo d'uomo, così tronfio, con quel modo di parlare pieno di pause, a voce bassa. Roberta si immaginava che, caso mai fosse accaduto, avrebbe pure dovuto ringraziarlo per averla scopata.

No, per carità, alla larga da quelli che ti vogliono sempre insegnare qualcosa, come funziona il satellite o come funziona il pisello nella dodicesima posizione del kamasutra.

Malpica, ovvero la presunzione di chi non dà un cavolo, ma che devi continuare a omaggiare. Un trombone di primattore che esigeva solo un pubblico adorante.

Roberta, nella parte del pubblico adorante e pagante,

in un teatro o dentro un letto a baldacchino, non ci si vedeva proprio. Meglio puntare su Anselmi.

Finita l'intervista aveva preso l'ascensore e trotterellando aveva raggiunto l'entrata; quindi aveva riconsegnato il pass e sorriso all'usciere. Infine, sperando di non essere notata, stava sbirciando, al di là del cancello di ferro, per individuare la macchina di Franco. Era un transatlantico blu con tanto di autista: il famoso passaggio in limousine. Bella la vita dei vincenti, altro che balle.

«Allora, com'è andata? Possiamo avviarci? Mi perdona per averla fatta aspettare un po'?»

«Direi di sì, la perdono. Sono abituata ad aspettare, mentre non sono abituata a simili lussi.»

Franco continuava a guardarla divertito, non si capiva se era più estasiato da se stesso, dal suo abbordaggio ineccepibile, o dalla ragazza che gli stava davanti, più determinata di una palla da fucile.

«Mario, chiedi alla signorina dove dobbiamo andare.»

«In via Barberini al 46, abito lì quando sono a Roma per lavoro.»

Che figurone, questa volta la megalomania di Danila era davvero servita a qualcosa: finora Roberta aveva recitato la parte di topo di campagna ma adesso entrava in scena la gran gnocca di città, che si faceva portare in un palazzo principesco. Come poteva Franco sospettare che abitasse in una cantina? Ottimo colpo, magari la pensava fidanzata a un rampollo blasonato. Forse era più probabile che avesse in testa di chiederle soltanto, anche a Centocelle: «Roberta, cosa fa in questi giorni? È libera una di queste sere?»

Era così sovrappensiero e persa nelle sue nuvolette fumettose, che non si era nemmeno accorta che stavano arrivando a destinazione e che Franco nel frattempo era passato al tu.

«Roberta, mi piacerebbe molto rivederti. Per caso sei libera una di queste sere? Ti porto in un ristorante carino. A proposito, che cosa ti piace mangiare?»

«Tranne i dolci, tutto.»

«Allora arriverò sempre con fasci di rose e mai coi cioccolatini. Quando possiamo rivederci?»

«Non posso stasera, ho già un impegno.»

«Domani?»

«Sì, domani può andar bene.»

«Ti passo a prendere alle nove? A chi devo suonare?»

«Danila Nero.»

Si sentiva già scossa dal trillo del campanello, domani l'avventura sarebbe partita, anzi no, l'avventura era partita già. Unica puntura di spillo: sullo sfondo, un po' sbiadita, l'immagine di Ilaria che le faceva i complimenti per un pezzo riuscito. La infastidiva comportarsi male proprio con chi era stata carina con lei. Forse, a cena con Franco, avrebbe potuto buttare il discorso sulla sua capa Ilaria Corsini, per sondare a che punto stava la relazione. Ma no, era una mossa squallida, da tripla coda di paglia. Un po' di coerenza, via, anche nelle marachelle. Sì, le dispiaceva per Ilaria, ma nemmeno troppo. E poi, che ci poteva fare? Franco era un donnaiolo, era divertente e famoso, le faceva la corte, aveva cinquant'anni portati bene, una limousine blu (il suo colore preferito), un autista premuroso, era amico del regista di cui aveva prodotto tutti i film, da *Nemmeno domani* a *La vita è un perfido gioco*, a *Mille inganni*. E infine aveva un sodalizio d'acciaio con il regista di *Un amore ridicolo*, quel gran figo di Lorenzo Casti, suo padre.

# Ventitré

Non so come consolarti Daria: dirti che è un bastardo mi puzza troppo di trentenne acida, ma far finta che il suo comportamento sia lecito mi puzza di consolazione. E, secondo me, sono proprio le consolazioni che ci fregano. Per consolarci ci raccontiamo qualunque cosa, ci innamoriamo delle persone sbagliate, perdoniamo l'imperdonabile. Del resto, dirti «lascialo» non ha senso, perché sei ancora innamorata: a far morire la storia ci pensa già lui con la sua durezza eccessiva. Quantomeno sospetta.

Forse non vuole nemmeno pensarsi coinvolto. Forse scambia per onestà un'aridità di fondo. Non dovrei dirti questo? Cosa vuoi sentirti raccontare? Cosa posso fare per la ragazza più in gamba, più sensibile, più intelligente che conosco?

Appena puoi, scappa da me: ti aspetto, giuro che ti tratterò come una principessa, alla faccia di chi non ti merita.

Ilaria

# Ventiquattro

Santo cielo, Daria stava così male, lei con Franco non era messa meglio, e doveva affrontare un altro pezzo. Ma questa volta l'avrebbe di sicuro appioppato a una collaboratrice esterna, a prescindere dalla disponibilità di Roberta.

L'inchiesta sul grande amore, poi, era davvero troppo per le sue forze. A fare due conticini forse l'unico uomo che aveva amato come si racconta sui giornali femminili, con tanto di batticuore e di lucciconi vari, era stato il suo ex marito Vanni. Una vera tempesta dell'anima. Si dice così? No. E chi se ne frega, lo diceva lei. Ilaria Corsini, la caporedattrice centrale pimpante che oggi non era affatto pimpante. Aveva amato lui o ciò che rappresentava? Una scorciatoia infantile per non pagare prezzi, per saltare i gradini nella sua imprecisata ascesa verso una ancor più imprecisata felicità.

* * *

«Quando crescerai, Ilaria?» le aveva urlato suo fratello Francesco (in collected call, da Sidney), quando aveva saputo che stava per sposare quel matusalemme di Vanni Elli. Forse non era mai cresciuta sul serio ma da sola era riuscita a fare un po' di cose: a rendersi indipendente giovanissima, lasciare Modena e l'eterno fidanzato di Modena, sposare uno scrittore più famoso che bravo, divorziare da uno scrittore tirchio (con la scusa che lei era una donna orgogliosa non le aveva passato cinque lire di alimenti), scrivere rotoli di porcherie, conoscere mezzo mondo, andare ospite nei talk-show della Tv. Era riuscita a far credere a tutti o quasi di essere una donna sicura di sé. Era riuscita ad avere parecchi amici (le più care, Daria e Mariana). Ma non era riuscita a cicatrizzare nessuna delle sue ferite, che invecchiando le facevano sempre più male. Aveva ancora bisogno di sogni come un tossicodipendente di eroina: ma sognare le faceva malissimo, perché ogni disillusione la induceva ad astinenze feroci, con relativa crisi. Come adesso. Adesso, con Franco, non sognava più, ma a che prezzo. Adesso su se stessa non scommetteva più, ma che noia.

Che sogni si era fatta con Vanni. Altro che i viaggi dell'Lsd. Che spinta le avevano dato. Tanto per cominciare, aveva trovato il coraggio di dare un taglio al cordone ombelicale, e da un dolore così grande si esce solo cacciandosi in guai peggiori.

Aveva preso casa a Roma, per studiare alla Sapienza aveva detto, in realtà per andare a vivere la sua storia d'amore con Vanni Elli, il famoso scrittore, più vecchio di lei di sette lustri. Un single per necessità più che per vizio, un egocentrico interessato esclusivamente al suo ombelico, uno zitellone recidivo e così malato di sé che poteva essere preso al laccio solo per altrettanto malata ostinazione. E Ilaria ventenne era malata di ostinazione.

Del resto, a lei la situazione sembrava una garanzia di futuro eccellente: aveva toppato nascendo a Torino e vivendo metà della sua giovane vita a Modena, ma con Vanni si sarebbe riscattata. Con Vanni sarebbe partita su un destriero alato per il suo destino mirabolante: sicuramente sarebbe diventata anche lei una grande scrittrice (l'unica, di tutta la fauna letteraria, a essere pure di ottimo umore). Per il momento, si accontentava di essere la sua compagna, di sentirsi importante di riflesso, di seguirlo a conferenze, dibattiti, presentazioni, a respirare l'aria elettrizzante del successo, nella leggerezza della fuga perenne da se stessi. Perché Vanni non era né più né meno che la copia invecchiata (molto) e realizzata (molto) di Ilaria adulta: sempre in fuga, a scrivere libri su libri, più o meno riusciti, sempre a farsi intervistare da cani e porci (meglio se cagnette e porcelline) per parlare di qualsiasi cosa, meglio se di aria fritta. Qualsiasi trucco pur di non affrontare sul serio la vita, per sentirsi, almeno un pochino, leggero, libero.

Quanto era durata con lui? Sei mesi di passione, tre anni di fidanzamento frizzante a fasi alterne, cinque di matrimonio disastroso. Il tempo di veder trasformata la bella, indipendente, coraggiosa Ilaria sicura di sé in una piagnucolosa donnetta impedita. Deposte le armi da guerriera si era riciclata in castellana di un castello non suo, un ruolo che non le si addiceva affatto. Aveva voluto vivere a tutti i costi nel maniero del vecchio Vanni, aveva fatto carte false per farsi sposare da lui, sperando di aprire prima o poi una porta incantata, ma ne aveva aperta una pericolosissima: la porta delle richieste esagerate, delle aspettative assurde (addirittura aspettarsi da un altro la risoluzione della propria esistenza, che idiozia imperdonabile). Che cosa poteva darle un uomo così vecchio, disilluso, stanco, intelligente, e soprattutto single fino al midollo? Che cosa poteva darle se non un'intesa fatta di humour tenero e sconsolato, un'intesa che avevano sempre avuto, che avrebbero avuto comunque e che, grazie a Dio, finito il lungo periodo dei ripensamenti e delle ripicche si stava rafforzando di anno in anno?

Perché aveva cercato un padre invece di un compagno, risposte, e conferme, e significati fuori di sé, quando poteva già intuire tutto dentro di sé? In fondo, era intelligente. Aspettarsi soluzioni dagli eventi esterni e dagli altri era un percorso da kamikaze.

Ma forse ci voleva ancora tanto tempo, troppo, per riuscire a illudersi diversamente. A sbagliare di nuovo, come avrebbe fatto con Franco.

# Venticinque

Lo so, ho sbagliato, l'ho richiamato. Ho cercato di essere spiritosa e distaccata, ma l'ho richiamato. È evidente che sono io a dipendere da lui. Come al solito era affettuoso, disponibile, in vena di complimenti. Non vedeva l'ora di incontrarmi: insomma, non ha fatto una piega, come se niente fosse accaduto, come se i capricci di una bambina inesperta fossero già dimenticati, capitolo chiuso. Ci siamo visti nel solito posto: l'amore come sempre è stato bellissimo, e, per me, addirittura sconvolgente. Chissà perché lo chiamo amore: e se per lui fosse altro, un'allegra divagazione? Com'è possibile un simile distacco dopo, come fa a stare giorni senza chiamarmi, senza mai aver bisogno di me? So per certo, e dolorosamente, che se non avessi telefonato io (dopo venti giorni, contati a uno a uno, violentandomi ora per ora, per non farmi viva) lui non avrebbe ceduto di una virgola: gliene importa così poco? È più importante un principio, essere fedeli a una realtà indiscutibile? E come riesce a fare l'amore così, con quella passione, senza amarmi? Lui dice che l'amore è quello che facciamo noi, che non esiste un altro tipo d'amore così autentico, ma poi scompare, non cambia una briciola della sua vita, e nel frattempo, nel vortice dei suoi mille impegni e doveri, io potrei morire. Perché questa crudeltà? Un matrimonio fa diventare mostri? Che cosa gli fa così paura nel dare e prendere un po' di dolcezza, nel lasciarsi andare? E se fosse solo un uomo piccolo piccolo, arrogante con me, ma sottomesso a una moglie autoritaria che lo prende a padellate in testa?

Forse la risposta più semplice è che mi ama poco, e sarà anche vero che poco è meglio di niente ma in amore la parola «poco» suona malissimo. Scusi, lei quanto mi ama? Poco. Un pochino. Forse. Per carità, non ci riesco, non sono fatta per accontentarmi, Ilaria, un «bel niente» secco è più dignitoso. Posso anche fare l'amante a vita, ma pretendo di esistere per l'altro, dividere, compatire, sentire che non sono poi così sola. E invece sono sola come un cane, e soffro come un'umana. Il massimo del masochismo, del volontariato idiota, all'insegna della sofferenza inutile. Perché la verità è una sola: questa è una storia sbagliata, e quando riprenderò forza, e consapevolezza, la chiuderò.

Tenendomi la linea ritrovata, lo sguardo più luminoso e la sensazione dei vent'anni in meno. Sei orgogliosa della tua amica?

Domani sono a Milano. Voglio vederti: ho bisogno d'ossigeno.

Daria

# Parte seconda

# Uno

«Dài. Allora ti aspetto, cerca di non fare troppo la preziosa. A presto, tesoro!»

Aveva appena messo giù e sentiva già la mancanza della sua conversazione preferita, quella con Ilaria: egocentrica, ma generosa, incasinata, incasinante e molto frastornante. Era sempre lei a chiamare da Milano, ma fra loro non c'erano mai state rotture di palle di quel tipo. Mariana era più che giustificata, aveva pochissimo tempo per sé, con tre pupi, un marito da mandare in giro possibilmente senza rattoppi sui pantaloni e patacche sulle cravatte, un lavoro da difendere con le unghie e coi denti, per tenersi almeno un po' di spazio autonomo, fuori dalle corse a ostacoli per accompagnare i pargoli all'asilo nido, in piscina, dal pediatra omeopatico, dall'amichetto di turno.

Era forte Mariana, forte come un torello. Ilaria sarebbe stramazzata per un quinto di quell'affannoso tour de force. Però Mariana, a coltivare anche solo la metà delle ambizioni dell'amica, si sarebbe sentita ridicola, per non dire una pazza furiosa da internare. Perché affannarsi tanto per il dopo, quando c'è tanto da fare adesso? Stordirsi in prosaiche faccende, ora dopo ora, ingolfarsi l'agenda di impegni, bambini da portare alle giostre, compiti degli alunni da correggere, chili e chili di spesa, Kitekat per il gatto Potato e pure lo stracchino di cui era ghiotto Aldo. Ma quando chiamava quell'esaltata di Ilaria, Mariana il tempo lo trovava sempre: poteva pure bruciare tutto il tacchino, tanto Teresa, la nuova baby-sitter, se lo sarebbe divorato comunque.

Come stavano bene a cinguettare loro due: una festa, una delizia. Non avrebbero mai smesso, alla faccia degli scatti telefonici e degli strilli dei suoi impiastri divenuti improvvisamente gelosi per le mancate attenzioni. Quelle chiacchierate la riportavano di botto ai bei pomeriggi trascorsi a far finta di studiare. Ilaria era arrivata a Modena in seguito al trasferimento del padre, e si era inserita a fatica nella tranquilla vita del liceo classico Manzoni. Aveva suscitato troppa ammirazione nei ragazzi e troppa invidia nelle ragazze del circondario. Ma per Mariana era stato amore a prima vista. Come era orgogliosa di essere diventata amica di quella tipa così diversa, così determinata, così lontana dai progetti angusti di tutte le ochette che conosceva.

«Oggi ci facciamo un Dante secco, ti va? Una botta e via, non ci pensiamo più... Tanto non ci servirà a un tubo nella vita, altro che gironi infernali, noi andremo a scovare il nostro paradiso personale... e lo troveremo Mariana, garantisco io.» Per digerire la confusa accozzaglia sorseggiavano beate la loro overdose quotidiana di caffè bollente. Che profumo, quel caffè, Mariana lo riannusava nelle conversazioni telefoniche con Ilaria. Passava attraverso il filo, oltre i duecento chilometri che le separavano, i loro scazzi di vita da donne adulte. L'inconfondibile profumo di un'amicizia autentica. Di profumi così se ne risentono pochi nella vita.

Ilaria: la sua amica degli anni del liceo giù giù fino all'oggi color grigio topo. Mariana, a dire il vero, di illusioni se ne era sempre fatte pochine: non si poteva definire una disillusa perché, francamente, aveva sempre cercato di illudersi il meno possibile. E se c'era una cosa che invidiava a Ilaria, la forsennata, era la sua pervicacia nel progettare, tentare, ritentare, sperando di modificare almeno un po' il corso mortalmente noioso delle cose, di convincerle, le cose, a fare per lei qualcosa di speciale. Che colpaccio, quando aveva sposato Vanni! Tutta Modena ne aveva parlato (o meglio sparlato) per mesi! Mariana non ne abbozzava neanche una, di strategia, troppo stress. Tanto tutto andava comunque a casaccio.

Da qualche mese, però, Ilaria le era sembrata davvero stanca, sfiduciata. Proprio depressa no, perché conservava sempre, anche nel pessimismo, un fondo di speranzosa vivacità, di sano umorismo che la salvavano dalla tetraggine. Ma Mariana non si illudeva certo che si fosse data una calmata, sapeva bene che, presto o tardi, Ilaria sarebbe risorta dalle ceneri. E quando Ilaria risorge dalle ceneri, si salvi chi può: comizi e piani d'attacco su come salvarsi da un'esistenza trash, azzardati consigli non richiesti su come liberarsi dal giogo del marito e dei figli, proposte affascinanti quanto chimeriche: «Dài, molla tutto e andiamo a vivere a Roma, in una casa imperiale, proprio su piazza Navona» (a chi li mollava i due gemellini di tre anni e mezzo e una bimba di diciotto mesi? A quel fulmine di Teresa, l'ennesima baby-sitter deficiente?). Per il momento, però, non si intravedevano pericoli immediati di burrasca: Ilaria sembrava sfiancata, al limite del ko.

Mai come oggi i loro punti d'arrivo erano sembrati così vicini. Erano approdate nella stessa palude, Ilaria dopo aver veleggiato per mari sconosciuti, Mariana dopo aver remato in un lago a due passi dalla sua città, col gommone zeppo di pupi, bracciali, salvagenti e secchielli. Guardava i due gemellini, la bimba: le sembrava impossibile averli fatti proprio lei, col suo corpicino da eterna adolescente (più o meno), vincendo la sua proverbiale perplessità.

Tre marmocchi in quattro anni: aveva sfornato subito i gemelli, in un exploit provocato da personalissimo training autogeno *mamma is magic*, la bimba invece era stata frutto di amorevole distrazione... a ciclo continuo li aveva accuditi, allattati, ripuliti da pipì e popò, medicati, ingozzati di omogeneizzati. Tre adorabili pesti che la facevano sgobbare come un mulo e che la rendevano a tratti felice, a tratti no. Ma chi l'aveva inventata la bubbola che le donne coi figli sono più equilibrate? D'accordo, Ilaria era l'esempio vivente di una donna ben poco equilibrata, ma anche Mariana in fondo in fondo non scherzava. Certi giorni si sentiva una bella frasca al vento, con tre pargoli attaccati. Che incoscienza.

Quante volte Ilaria avrebbe potuto offenderla con le

sue considerazioni antifamiglia, ma non era mai accaduto. Anzi, con lei si sfogava in libertà, poteva confessare tutte le sue smanie, i suoi cedimenti, i suoi rifiuti senza paura di venir fraintesa o, peggio, di suscitare moralistiche indignazioni. Con Ilaria si sentiva ancora per metà ragazza, per metà donna, e per niente mamma.

O forse sì, anche mamma: perché una mamma dovrebbe traboccare solo di amore limpido e senza ombre?

Quando aveva scoperto di essere incinta di Titta si era sentita sopraffatta dalla disperazione e dal disorientamento: una mongolfiera sballottata a mezz'aria, sempre più lontano dalla giovinezza, fra nausee e occhiaie provocate da notti insonni per strilli gemellari intermittenti. L'unica persona con cui aveva avuto voglia di sputare il rospo, l'unica che non l'aveva offesa a morte pretendendo da lei il martirio sfigato e coatto della mamma a oltranza, era stata Ilaria. La più umana nella sua egoistica autosufficienza (che delitto imperdonabile cercare di bastare a se stessi), la più simpatica con le sue risoluzioni improbabili, proposte solo per farla sorridere, per tirarla su di morale con il consueto repertorio di frizzi e lazzi.

No, Ilaria non l'aveva mai offesa.

La offendevano, solo a guardarle, quelle signore coi cerchietti in testa e la collana di perle che incontrava all'asilo oppure ai giardini sottocasa, giovani madri coraggio che la guardavano storto se trovava il tempo per andare a pattinare (da ragazza era stata campionessa regionale, e come stava bene col suo tutù azzurro cielo) o addirittura, se mollava i pupi alla baby-sitter per andare a cazzeggiare a Milano da Ilaria, la sua valvola di sfogo.

Quelle mammine sante, tutte prese nella loro parte di giovani mogli. Di giovani stronze. Tutte alla ricerca di un nuovo ruolo per non sentirsi troppo vecchie. Per loro provava la stessa antipatia di Ilaria, pur stando dentro i ranghi, lo stesso senso di ribellione, senza le sue ambizioni. Forse aveva ragione l'amica: lei, Mariana, aveva un grande talento.

Le era venuto in mente quel mitico film che avevano visto assieme, a Bologna, l'ultima volta che Ilaria era passata di lì per intervistare quella tipa mezza uomo e mezza donna. Che voglia di imitare i protagonisti del film: uscire con un mitra e sparare, ai vicini, al preside, a certi colleghi e, guarda un po', ad almeno un paio di alunni, alla faccia del mito della gioventù sempre nel giusto... E un colpo in testa a se stessa, la sciura Mariana Salvo in Cantelli. E no, queste cose non le fa una mamma. Già, come metterla con la sacra famiglia? Una vera iattura, ha ragione Ilaria. Ilaria sarà pure esausta della sua carriera in cui non crede più, ma la carriera in cui non si è mai creduto (di mamma, di moglie, di insegnante) stanca lo stesso. È la vita che stanca.

Fabrizio le aveva fatto un sorriso a ventisei denti (tutti quelli che aveva). Compensato, prontamente, da un calcio che le aveva tirato Paolo: di sicuro quel bimbetto dagli occhi un po' tristi aveva intuito benissimo i suoi pensieri liberatori. Come possono essere diversi due fratelli, per di più gemelli. Fabrizio, il cuor contento, e Paolo, il gran tormento. E Titta? Titta dormiva beata nella sua culla, sognando ciucciotti. Come sarebbe diventata Titta da grande? Bella e intrepida come Ilaria? Riservata e fascinosa come Daria? Carina (molto carina, accidenti), piaciona piaciona come lei, che con quell'aria da micia da proteggere, aveva sempre cuccato come una mandrilla. Ai tempi del liceo, poi, faceva strage di cuori: un pischello si era addirittura inciso il suo nome sul braccio. Adesso, anche volendo, dove trovarlo il tempo per provocare ecatombi simili?

Come sarebbe diventata Titta da adulta? Felice o infelice? Un'altra tapina che arrancava a fare figli o carriera o tutti e due (tutte e due no, per carità!)? Che si affannava per rendersi attraente, comperare abiti sexy, coprire i primi capelli bianchi, strapparsi i peli con cerette da urlo, e tutto per suscitare l'ammirazione degli uomini e l'invidia delle comari? 'Fanculo, l'invidia delle comari! Povera Titta, non poteva immaginare le prossime rotture. Eppure, con quanto amore l'aveva messa al mondo, e con quanto dolore (non voleva saperne di uscire, aveva già capito l'antifona).

Drin, il campanello. La solita camionata di spesa. Chissà perché nelle telenovelas – la passione di sua suocera Adelina – arrivavano sempre enormi mazzi di rose, densi di significato e di promesse. Il portinaio avrebbe potuto mandarle un mazzolino di mughetti, anche lui in fondo doveva avere un gran bisogno di significati, con tutte le rotture di scatole che lo affliggevano. «Enzo, si è rotto il vetro del sottoscala», «Enzo, la spazzatura è intasata», «Enzo, è arrivata la posta?» Povero Enzo, da adolescente di sicuro aveva sognato una vita diversa, non certo in un gabbiotto, con tutti quegli scassacazzi, accoppiato con la sua terrificante moglie baffuta e impicciona (che magari era diventata baffuta e impicciona per colpa sua).

I conti, a parte quelli della spesa, non tornano mai: la vita sicura è prosaica, la vita avventurosa è peggio (soprattutto a una certa età). Ormai andava per i trentotto, un'età di mezzo difficile da vivere: non più giovane e forte, non ancora vecchia e saggia, non più innamorata, non ancora priva del bisogno di innamorarsi. Che stanchezza. Che voglia di scappare con Ilaria e sdraiarsi sotto un fico a fare niente. Del resto, a che pro sbattersi tanto? Non rimaneva che invecchiare in santa pace, di stagione in stagione, di anno in anno, assieme alle proprie inutili illusioni.

Aldo era davvero strambo in quel periodo, lo sentiva distratto, assente, potenzialmente furioso. Adorabile coi bimbi, come sempre, ma evasivo con lei. E Mariana, cosa buffa, lo capiva. Povera stella, il lavoro andava così così: garantiva le camionate di spesa e le baby-sitter interdette e le vacanze nei mari più inquinati. Nulla di simile ai suoi sogni di ragazzo: Aldo Cantelli, il famoso chirurgo. E invece eccolo lì, a fare il pediatra della mutua, a rimpinzare di sciroppo bambini già nevrotici a due anni, pieni di tic e ansie da far invidia a un direttore di rete. Poveri bimbi. E povero Aldo.

La sera prima, ridendo con gli amici, aveva ammesso spudoratamente che stava diventando un vecchio porco: cominciava a trovare attraenti le ragazzine. Evidentemente, a una certa età, è attraente solo quello che permette di ingannarsi ancora. Ma lei, a questo punto, non si incantava più alla vista dei fianchi stretti dei suoi alunni: le era bastata la parentesi di Angelo, il momento più tenero, più irresponsabile della sua vita.

Quel periodo valeva bene una pausa, un bel caffè bollente in cui tuffare i dolci ricordi e i biscotti di Titta appena arrivati con la camionata di spesa, fatti apposta per affrontare senza calo di zuccheri un altro pomeriggio uggioso.

# Due

Come sempre aveva avuto ragione Ilaria. «Mariana, non ci si innamora quando fila tutto liscio. Ci si innamora quando finisce la benzina, in mezzo al deserto. Si fa il pieno di qualsiasi balla, parola, assurdità, si infila di tutto in quel povero serbatoio secco. Nessuno vuole stare fermo, da solo, nel nulla.»

Da soli in mezzo al deserto. Che pace, immaginarlo ora che per stare sola doveva rinchiudersi nel cesso. Ora che per fare una passeggiata tranquilla doveva inventarsi uno spirito civico inesistente: l'ecologica mamma Salvo-Cantelli solerte nel mettere la carta riciclabile nell'apposito contenitore a trecento metri da casa.

Ma allora il suo amore prosciugato per Aldo le aveva fatto paura, e la solitudine le era sembrata una sfida troppo pericolosa. E così aveva fatto il pieno di Angelo, un pieno di aria fritta nel suo povero serbatoio secco. Era già tanto se non ci aveva lasciato le penne, se non era saltata per aria con tutto quel miasma. E quanto aveva sofferto quando Angelo, come previsto, era scappato tutto gasato dagli innumerevoli autografi pretesi dalle fan con urletti stonati.

Com'è possibile che sia tutto così banale nella sfiga? Nessuna tragicità, nessuna Anna Karenina. Solo una fessa di brava ragazza modenese, allora proffia supplente, lasciata a bocca aperta, a osservare con desolata lucidità uno stronzetto sempre più tronfio del suo incredibile successo, un palloncino gonfiato che era volato via con scuse più o meno plausibili, più o meno crudeli. Scuse. E l'aveva lasciata cadere senza paracadute.

Perché è tutto così matematico, nella sfiga? Nove occasioni, otto fregature. Lei lo sapeva bene: era o non era una proffia di matematica? Per quello non si era mai fatta troppe illusioni, neanche con Angelo: era scontato che per lui sarebbe diventata noiosa, scomoda, che il disc-jockey pazzoide si sarebbe stancato presto dell'esotica brava ragazza, supplente al liceo scientifico «Eroi ottobrini», sezione D. «Il problema non è la caduta, ma l'atterraggio», aveva detto qualcuno.

Infatti, era stata prevedibile la caduta, ma non l'atterraggio. Imprevedibile l'annaspare senza fiato né progetti nel tentativo di rammendare il suo cuore strappato. Che aveva preteso, urlando, subito subito un matrimonio cucitissimo con Aldo, per non schiattare. Per non andare in disfacimento filo su filo, un povero cuore-calzino consumato da disillusione galoppante. E Aldo era accorso immediatamente al suo grido di dolore, in fretta in fretta avevano ricucito tutto: ricordi, valori, futuro. Avevano messo su casa, focolare e figli. Tutto sistemato alla perfezione, a velocità record. Troppo perfetto, troppo veloce: e se anche Aldo fosse uscito a tocchi da qualche Angela? Perché non si erano detti la verità? Avrebbero dovuto prendersi per mano, farsi una risata e ammettere: «Ragazzi, che disfatta». Invece no, di corsa a inventarsi una nuova farsa, i carinissimi coniugi Salvo-Cantelli, con appartamento modernetto, cucina pluriaccessoriata e station wagon adatta a pupi biondi intonati alle fodere marron, una famiglia da assoldare immediatamente per la pubblicità. Fondata su solide basi: le basi delle bidonate precedenti.

Avevano ricucito tutto, si erano messi addosso chili di catene, rotoli di amore imprescindibile, i figli, sangue del sangue, chili di colla umana. Adesso non avrebbero più spiccato il volo, adesso la pesantezza era assicurata da tonnellate di responsabilità. Per lei, almeno. Aldo era troppo assente per essere vero. Troppo nelle nuvole per essere solo.

Così piena di colla, pupi, compiti da correggere, a Mariana non rimaneva che aspettare pazientemente il botto.

# Tre

Finalmente aveva trovato il coraggio di farla finita: aveva lasciato le chiavi della casa milanese di Franco (tanto non le usava mai), assieme a una bella lettera in cui gli diceva che era un vigliacco patentato, uno struzzo fatto e finito.

C'è un limite alla sofferenza, c'è un limite al cinismo, c'è un limite alla menzogna. C'è un punto in cui si tocca il fondo e si deve risalire per forza. E Ilaria risaliva a velocità lampo, e si sfogava, gridando ai quattro venti il suo soggettivissimo dolore. Cinque pagine fitte fitte di furore autentico, di totale mancanza di autocontrollo. Evviva. Aveva lasciato le chiavi, una lettera che schiumava rabbia e risentimento, alla faccia della donna superiore.

Slam. Si era chiusa la porta dietro le spalle e aveva tirato un favoloso respiro di sollievo. Tanto sarebbe finita comunque, ammesso che fosse mai iniziata.

Non ci si innamora a comando e Franco non si era innamorato di lei. Stop. Forse nemmeno lei era mai stata sul serio innamorata di lui.

Quanto era durata l'onda lunga di Vanni? Perché era stata così orgogliosa da costruirsi un piedistallo di finta perfezione? Forse l'aveva costruito proprio per rimanere più sola.

Basta, era ora di chiudere la porta. Di togliere i tacchi a spillo e mettersi a girare a piedi nudi. Era ora di staccare la spina del computer e chiudere il file delle strategie faticose quanto inutili. Sì, avrebbe chiesto un anno di aspettativa. Avrebbe lasciato la casa di Milano. Avrebbe lasciato Franco (che da una donna di classe come lei si aspettava anche questa mossa di gran gusto). Tripla porta chiusa. Con un respirone liberatorio ammetteva che il tempo vissuto con Franco era stato un tempo – pressoché – buttato nel cesso. E allora? Era o non era una guerriera? Un guerriero sa accettare le sue sconfitte.

Non aveva toppato Vanni: le aveva dato tanto. Ciò che era, lo doveva anche a lui. Con Franco, invece, aveva ballato un giro di valzer che oggi non le sembrava granché romantico. Forse, tra un po', avrebbe capito il senso di quei due anni. Forse il gran segreto era solo accettare che la sua giovinezza e i suoi sogni di ragazza erano andati a farsi friggere. Tutto qui? Avrebbe sognato da donna. Tra l'altro la porta sbattuta dietro le spalle l'aveva resa bellissima: la sublime interprete di una sofferta scena teatrale nella migliore performance degli ultimi due anni.

Nel giorno del tracollo Ilaria Corsini risorgeva dalle ceneri, come l'araba fenice.

# Quattro

Hai presente essere nella merda e capire con una folgorazione che il tuo amato bene (si fa per dire) non si pone nemmeno il problema di regalarti un conforto piccolo piccolo? Non ha tempo per ascoltarti un secondo, sta andando a teatro con la moglie, non una serata qualsiasi, perbacco… è la prima di Odoni, come si può arrivare in ritardo? Perché perder minuti preziosi a consolare la propria amante, per giunta sfigata?

Ieri è successo l'imprevedibile: mi stanno silurando dall'agenzia, insomma sto perdendo il posto di lavoro, troppi costi vivi, dicono. Vero o non vero, ben mi sta. Per anni, senza ascoltarti mai, mi sono seduta su una situazione che non mi piaceva. Scusa numero uno: dovevo occuparmi di Giacomo. E così ho finito per convincermi di una grande idiozia: la sicurezza della mediocrità. Invece non è sicuro niente, nemmeno la noia. Questa rivelazione avrebbe anche un aspetto confortante perché, come diresti tu, la vita è un'avventura, comunque vada. Però quando ho ricevuto la mazzata, più che un'eroina mi sono sentita una povera crista, una psicolabile in balia di crescenti botte di panico. Così, alla faccia dell'orgoglio, l'ho chiamato, semplicemente perché avevo bisogno di lui. Ma lui, il signore, stava andando alla prima. Me lo immagino alla guida del suo macchinone, rigido e impettito nell'abito grigio gessato (meraviglioso, sto iniziando a vederlo ridicolo!), scuro in volto per dover sopportare una fidanzata che non sta al suo posto (lontano da lui) e una moglie al posto sbagliato (accanto a lui) e con le orecchie tese ad ascoltare la telefonata.

«Sto andando alla prima di Odoni, ne parleremo la settimana prossima, anche se fino a mercoledì ho l'agenda ingolfata...»

Tono perfetto da usare con un finto collaboratore, o un vero seccatore. Capisco, capisco. Capisco anche un'altra cosa: quando hai una moglie inscopabile, se non ti consoli con gli inviti alle prime teatrali, che cacchio fai?

Il suo gelo di fronte ai miei problemi (scontato) e il mio licenziamento (imprevisto) mi hanno dato però una gran forza, quella grinta che avevo deciso di seminare per strada. Due pugni nella pancia ben assestati, e ti ritrovi con un ventre piatto da trecento addominali. Una folgorazione appunto, o forse una corda che si spezza. Ecco, azzardo: di colpo non mi sento più innamorata (speriamo bene).

Anche questa volta ho toppato, amen, ma è finita, ed è anche una liberazione. Idem per il lavoro. Basta abbozzare, basta lamentarsi, basta piangersi addosso. Ora che sono una ragazza madre disoccupata, senza nessuna finta sicurezza, nessun finto fidanzato tra i coglioni, sento che ce la posso fare.

La passione fa perdere il senso dell'umorismo, ma la gente sana (come te e come me) prima o poi torna a ridere. E mi sta pure succedendo una cosa strana: sto soffrendo ai massimi livelli (lo stronzo mi manca e mi mancherà da morire), e al tempo stesso ho una voglia pazzesca di vivere, di scommettere su di me, alla faccia sua.

Sarà finto ardimento? Mi troverai in lacrime telematiche domani sera? Spero di no.

Aspetto notizie dalle tue macerie fumanti.

Daria

# Cinque

«Mi sono innamorato di un'altra.»

Eccolo, il tracollo. L'atterraggio brutale dopo il volo in caduta libera dal decimo piano: dieci anni di vita buttati al vento. «Ah.»

Non era riuscita a dire una parola. Vedeva Aldo, e le sembrava di essere entrata in un film. Lo osservava, con la testa tra le mani, che le ripeteva piano: «Mi sono innamorato di un'altra». Bellino come un attore del cinema, con quelle pause sofferte, con quella piega amara all'angolo della bocca. Del resto Aldo Cantelli, tralasciando l'innamoramento attuale, aveva ben pochi difetti: era un marito da far invidia a qualunque gallina.

«Non so come mi sia potuto capitare, ma è successo e non posso andare avanti così...»

Come sono dolorose le frasi più banali. Parole da fotoromanzo che colpiscono allo stomaco con una violenza da togliere il fiato. «Da quanto tempo dura?»

«Da un anno, e non ce la faccio più a fingere, è una tortura, non ti meriti questa farsa.»

Già. Da quanto tempo Mariana sapeva, sotto sotto, la verità? Una ciliegia affogata nella melassa. Quanti sguardi disperati le aveva lanciato Aldo, quanti abbracci tristi, quante confezioni di sofficini avevano fatto fuori assieme prima che si consumasse tutto ciò che precede un fallimento? Quanti messaggi (in codice) compongono il preludio di una frase crudele come «Mi sono innamorato di un'altra»? Chissà come diavolo era quest'altra.

«È più giovane di me?»

«Che importanza ha?»

Ne aveva, ne aveva di importanza per lei, che per anni si era calata così bene in una parte nella quale non credeva affatto. E che adesso si trovava a mani vuote, a quasi trentotto anni, inchiodata al suo personalissimo panico, nemmeno sola nel deserto, anzi, con una macchina – in panne – piena zeppa di pupi che amava con tutta se stessa. Ai quali dire: «Nessun problema, piccoli, ce la caveremo». Dove trovare la forza, la benzina, le menzogne anche per loro? Adesso che, molto egoisticamente, molto umanamente, voleva sapere solo una cosa.

«Com'è? Scommetto che è una ragazza fresca, libera da rotture di palle, piena di sogni, degli entusiasmi che si sprecano a vent'anni... Difficile essere poetici con tre figli sul groppone.»

«Non rendere tutto più complicato: è successo. A te non manca niente: sei una donna, una madre straordinaria.»

'Fanculo ai complimenti di circostanza. Chi era la ragazza di Aldo? Una studentessa, un'infermiera, la barista del bar appena aperto vicino al suo studio? Scartava per il momento un'ipotesi inverosimile: un delirio dei sensi con una mamma (nevrotica) di un bimbo (nevrotico), cliente fissa del pediatra Cantelli. C'era già lei di mamma, una mamma più che decente, anzi straordinaria, solo un filo di pancetta. Eppure ne aveva fatti tre, dico tre, tutti sani e dipinti col pennello.

L'altra: una ragazza dal corpicino scattante, senza macchie solari, nessun capello bianco da tingere di rosso menopausa. Nessuna zavorra umana, nessun figlio.

Ma chi diavolo l'ha detto che le ragazzine non arruffano un pelo? Una carampana, per forza. Sono libere come l'aria, belle come il sole, hanno la sculettante sicurezza di chi ha la vita davanti.

«Quanti anni ha meno di me?»

«Tredici. Si sta laureando in medicina. È una brava ragazza. È assurdo lo so, eppure, se non ci fossi di mezzo io... credo che ti piacerebbe.»

La capacità degli uomini di ragionare a prescindere.

Mariana aveva kiwi, per non dire altro, da pelare fino al Tremila, tre bambini da tirare su non si sa con quali energie, venti parenti costernati da informare, alimenti da trattare, una possibile amicizia civile da costruire «se non altro per i figli», cercando di tramutare in sodalizio decente le ceneri di un amore bruciato. E il vero problema era la sua nuova realizzazione personale, la sua nuova identità di donna sola.

E in tutto 'sto casino lui di che cosa si preoccupava? Della socializzazione fra ex moglie e pivella in carica...

Perché doveva capitare proprio a lei? A rigor di logica la più predestinata era Ilaria, che si cercava sistematicamente i guai, i lavori strambi, gli amori spericolati, gli uomini importanti (ovvero stronzi).

Mariana non bazzicava lo sfavillante mondo dei vip. Lei era una donna normale, o meglio aveva tentato di esserlo. E ciò complicava le cose. Per esempio, come avvertire i suoceri che era andato tutto a puttane? Come spiegare ai genitori che non poteva né voleva ricomporre niente? Che Aldo andasse a vivere o a sfracellarsi dove cacchio voleva, con la sua nuova fidanzata. In fondo era successo l'inevitabile: l'amore tra lei e Aldo era stato ricucito troppe volte, non c'era più stoffa per ulteriori rattoppi.

«Sai cosa ti dico Aldo? Ti invidio. Ti sei innamorato? Beato te. Chi se lo ricorda più?»

Aldo la guardava stupito, come se si trovasse di fronte a una persona mai vista. Un minuto prima le chiedeva una complicità impossibile e adesso non riusciva nemmeno a sostenere un po' di sincerità. Che diamine: le donne tradite soffrono, non fanno battute.

«Capisco il tuo astio, ma vorrei che ci venissimo incontro, che rimanessimo amici. I bimbi non devono pagare per le nostre colpe.»

Ma quale astio, quali colpe! La sua era invidia purissima. Perché Mariana sentiva che Aldo aveva ragione. Si sarebbe rotto l'osso del collo, ma per un po' avrebbe respirato, si sarebbe illuso, se ne sarebbe strafottuto di responsabilità, obblighi, figli, genitori: la vita ti diventa un macigno, che rotola senza scampo sino al baratro finale.

Ecco, sì, se lo diceva finalmente: beato Aldo, beato lui,

beato chi può fare il matto, o almeno illudersi di farlo. Molto meglio essere padre, che madre. Adesso voleva fare la matta anche lei. Trovare qualcuno con cui piangere, sfogarsi, ridere. L'anima pesta di Mariana esigeva conforto, non indirizzi di avvocati; conforto, non consigli su come riprendersi Aldo.

Era ora di sentire chi avrebbe dato per scontato l'unico fatto evidente: che lei, la talentuosa Mariana, non avrebbe ricomposto un tubo. Era ora di sentire Ilaria, con il suo coraggio allegro e contagiosissimo nonostante tutto.

«Scusa, non ho più voglia di parlare. Ti chiedo solo una cosa: domani occupati tu dei bimbi, io vado a Milano.»

# Sei

Che bellezza, Daria: come liberarsi di due stronzi al prezzo di uno! Questa sì che è un'amicizia sincronica. Eccoci qui, due ragazze attempate sole, serene e soddisfatte. Un po' severe anche, perché non ci siamo andate piano coi nostri polli. In fondo sono dei poveri cristi, pensionati dei sentimenti.

Da quando ho ripreso a respirare, sono di nuovo allegra e scanzonata. Non ho nessuna voglia di essere lucida e obbiettiva: siamo due miti, e tutto il resto vada a farsi fottere. Sono molto, molto propositiva: voglio prendermi un anno di aspettativa, andare a vivere a Roma, finire il romanzo e affittare una casa imperiale da dividere con persone imperiali, tipo te. E siccome bisogna far largo ai giovani, nella casa ci vedo bene un bimbetto adorabile come Giacomo, un futuro uomo coi controfiocchi.

Promettimi di pensarci. Lo so, lo so: obbietterai che hai problemi di soldi, ma pagare un affitto a Torino è lo stesso che pagare metà affitto a Roma, e poi ti posso finanziare i primi sei mesi, il tempo (sono pessimista) che impiegherai per risorgere dalle ceneri professionali. Dài, almeno pensaci, Daria, io mi sto mettendo all'opera. È una vita che accarezzo il sogno di una comune postmoderna da dividere con le amiche. Tu sei la prima: sei onorata dalla proposta indecente?

Ti abbraccio, vedrai che arriverà il cielo sereno (e le notti stellate).

Ilaria

# Sette

«Roberta, ciao, sono Ilaria, ti dovrei parlare. Puoi passare in redazione domani? Ci sono dalla tarda mattinata in poi. Ti aspetto.»

Porca pupazza, che cosa voleva Ilaria da lei? Quel messaggio in segreteria le aveva fatto venire il mal di pancia. Complessi di colpa striscianti, di cui non ci si libera mai? Paura di una scenata isterica da parte di una trentottenne sull'orlo di una crisi di nervi? Eppure Ilaria non era tipo da rendersi ridicola, tantomeno per un uomo. E il tono della voce era gentile, anzi, più allegro del solito. Che cosa diavolo aveva da comunicarle di persona? Non si trattava del solito pezzo, non le avrebbe detto di passare da lei, Ilaria non amava perdere tempo. Accidenti, che brutto avere la quadrupla coda di paglia.

Di sicuro, Ilaria era venuta a sapere tutto: difficile passarla liscia in tre mesi di scopazzate a destra e a manca. In quei tre mesi Roberta non si era mai fatta vedere al giornale. Benedetta la posta elettronica e chi l'aveva inventata. Ma non era bastato, e non era bastato lavorare poco, pochissimo. Si era data alla macchia, e non solo per codardia: i contatti romani cominciavano a dare i primi frutti. Comunque, forse perché è più facile pensare quello che fa comodo, riteneva la storia di Franco e Ilaria definitivamente archiviata. Lui l'aveva definita una carissima amica, roba da tirargli una padella in testa.

Forse Franco le metteva le corna, di sicuro aveva moglie e figli, ma a Roberta andava bene così, i conti del suo rapporto con lui erano più che in pareggio. Quando stava a Roma si piazzava in un monolocale che sapeva troppo di garçonnière per farle venire grilli da fidanzata. Comunque, meglio vivere da aspirante troia in una garçonnière che da brava ragazza in una cantina umida. E poi, il monolocale era in pieno centro, a un passo da Danila: poteva ritornare una ragazza per bene quando le girava.

Ma adesso che cavolo voleva Ilaria? Perché veniva ad annuvolare il suo momento magico? Sicuro, la solita pettegola doveva aver spiattellato: «Guarda che la cara Roberta si scopa il tuo uomo». Che orrore: non la potevano proprio vedere quelle vecchione di redattrici tappate da tardopunk con ciuffi sale e pepe sparati in su. E certamente non potevano vedere Ilaria, troppo gnocca per loro, avvizzite dal fumo e dall'invidia. Basta. Bisognava prendere il toro per le corna. *Dato che mi considera una puttanella, tanto vale stupirla con effetti speciali: niente trucco, abito lungo genere saio. Se il suo ex fidanzato corre dietro a tutte le sottane, cosa ci posso fare? 'Fanculo, Ilaria.*

Adesso era lì, inguaiata nel traffico di Milano: a Roma era peggio, ma c'era l'autista di Franco che la portava in giro in pompa magna, una first lady in vacanza. E invece eccola, con la sua Uno scassata che brontolava stanca della sua vita grama, una macchina di padrona pitocca piena di bolli e gibolli. Arrivata a destinazione, la solita solfa: venti minuti in cerca di un parcheggio. Invece, guarda, trovato: quando non si vuole arrivare in un posto, spariscono gli ostacoli. Persino l'ascensore pronto al piano.

«Ilaria, sei libera?»

«Un momento e sono da te. Sediti pure nel mio ufficio, vado da Patrizio per un titolo.»

Ilaria era corsa, atletica, nell'open space dove lavorava Patrizio: era davvero uno schianto la sua capa, senza rossetto, nessun gingillo di troppo. La sentiva cinguettare con il piumatino e non sembrava una recita.

*Dio, cosa vorrà quella strega, ne sa una più del diavolo. Perché mi fa stare seduta qui, sui tizzoni ardenti? D'accordo, le scopo l'ex(?), ma che colpa ne ho? Questi sono i regali della libertà sessuale, baby.*

«Sta' seduta Roberta, ho un po' di cose da dirti.»

Botta di panico.

«Dimmi.»

«Me ne vado dal giornale, ho chiesto un anno di aspettativa, mi trasferisco a Roma. Mi sembrava giusto che tu lo sapessi, visto che lavori soprattutto per me. Penso che non avrai problemi con la Mauri, ma è meglio che tu sia avvisata, così puoi fare i tuoi piani.»

Merda, ancora una volta l'aveva fregata, 'sto cazzo di donna superiore. «Veramente con la Mauri avrò sì dei problemi, non mi può soffrire.»

«Davvero? Spero che sia un'impressione sbagliata, non so, non parlo molto con lei. Volevo avvisarti che si libera un posto, e che il direttore cerca una redattrice da assumere. Ho fatto il tuo nome, anche se penso non ti interessi.»

«Grazie, sei troppo gentile, non so se me lo merito.» Cribbio, stava andando in confusione, farfugliava frasi patetiche. E le lentiggini e il rossore stavano producendo un'unica macchia: possibile che sapesse farsi beffe di puttanieri doc e andasse in pappa al cospetto di una donna per bene?

A Ilaria brillava una strana luce negli occhi, un miscuglio di tenerezza, orgoglio, solidarietà femminile. Di superiorità innata. Il gran capo si stava lustrando le penne.

«Perché? Tu sei brava davvero nel lavoro. La vita, be' la vita è un po' più complicata... per tutti.»

Merda. Che pugnalata al fianco. Questa proponeva alla direzione di assumere lei, proprio lei, la causa – forse – della sua rottura con Franco. E non per angariarla, dal momento che se ne andava.

«Perché te ne vai?»

«Ci sono momenti in cui bisogna prendere delle decisioni, e si sa, le decisioni sono come le ciliegie, una tira l'altra.»

Ilaria si era messa a ridere mettendo in mostra i suoi

bei denti bianchissimi. Rideva trattando Roberta con complicità, come se si fossero già dette tutto.

«Quando avevo la tua età volevo fare la scrittrice: ho pensato che sposare uno scrittore famoso servisse, e invece no: mi sono ritrovata qui, a fare la manager o quasi. Altro che libri, scrivo sì e no un pezzo a semestre. Voglio riprendere in mano il romanzo che ho lasciato per troppo tempo nel cassetto. Ora o mai più! Chissà, alla luce delle mie nuove esperienze di tardona, forse avrò qualcosa di più interessante da dire, qualcosa di più originale del solito sfogo autobiografico adolescenziale.»

«Fai bene, penso che sei sprecata per il giornalismo.»

«Anche tu.»

Adesso Ilaria e Roberta ridevano proprio, come due amiche, come due coetanee. Del resto, sono sempre giovani le donne coraggiose.

«Che cosa mi consigli di fare?»

«Non entrare in redazione, se hai qualcosa di meglio per le mani.»

A quel punto il riso delle due ragazze era divenuto irrefrenabile.

«Non so se ho qualcosa di meglio per le mani. Però...»

«Se la cava bene il piccolo, vero?»

Cribbio, ma oggi Ilaria quanti anni aveva? Diciotto? La faceva sentire una matusalemme! Peggio, una sottoposta sfigata, incapace di stare a un gioco pepato. «Senti... lo so che è stronzissimo dire mi spiace, ma è successo per caso, non so cosa ti abbiano detto ma...»

«Per favore, Roberta, nessuna menata: la storia era già finita da un pezzo e poi fra una donna che mi piace e un uomo che mi ha fatto girare le palle, scelgo di stare dalla parte della donna. Sarà veterofemminismo del cazzo, ma, che ci posso fare, ormai sono una ragazza passata di moda. E niente paura, non sono lesbica.»

Era entrato Patrizio più raggiante che mai, non aveva perso tempo la guerriera. Di sicuro aveva trafitto il cuore del poppante. Roberta non lo aveva mai visto svolazzare così alto. Ma anche a Ilaria la cura aveva fatto bene.

«Senti Ilaria, visto che tu, nonostante tutto, sei in vena di carinerie, mi permetto di passarti una dritta, se stai cercando casa a Roma. Telefona a Danila, è una mia carissima amica, credo abbia la tua età, una tipa adorabile, l'avevo messa in pista per cercare una mega casa da affittare assieme, però adesso...»

«Adesso sei più comoda nella tana del lupo.»

«Sì... e lei non ha abbastanza soldi per prendere una casa grande da sola. Se ti piacciono le convivenze lei è davvero una compagna fantastica. Se invece vuoi stare da sola, non ti preoccupare, Danila è così carina che ti darà una mano comunque. Fa l'attrice, e dal momento che è quasi sempre disoccupata...»

«Ha il tempo per coltivare rapporti umani deliziosi.»

«Esatto.»

«Perfetto, dammi il telefono, cade proprio a fagiolo: se ci piacciamo la coinvolgo nel mio Cidi, un progetto di Comune Imperiale di Donne Imperiali. Naturalmente in casa imperiale, come minimo affacciata su piazza Navona.»

Ma come aveva fatto Roberta a non accorgersi che Ilaria era così simpatica? Una matta vera, con due palle così, una capitana coi fiocchi, un guerriero da seguire ovunque, lancia in resta. Altro che uomini. Altro che Franco Luci. Altro che Lorenzo Casti.

«Ancora una cosa...»

«Sì?»

«Mi posso prenotare?»

# Otto

Eccola lì, la sua amica, seduta per terra, come un pascià, nella sua tana accogliente, piena di libri, foto, cuscini e specchi. Da brava padrona di casa le aveva offerto vari generi di conforto, compresi i suoi dolcetti preferiti, ma si vedeva che scalpitava per sciorinare la specialità della casa. Un piano d'attacco degno di Napoleone.

«Senti Mariana, se non fosse che detesto il martirismo al femminile e che ritrovarci tutte e tre single in un colpo solo è un po' ridicolo, qui ci sarebbe da festeggiare. Ma lo capisci che ci succede la stessa cosa nello stesso momento? È un segno del destino. Quante volte abbiamo detto che era un peccato abitare in tre città diverse? E allora riuniamoci a Roma! Insomma, prendiamola quella casa di piazza Navona!»

«Sì, per buttarci giù tutte e tre dalla finestra. Tre patetiche trentottenni che se la tirano da adolescenti in crisi. E due sono pure madri degeneri, che lasciano orfani quattro bimbi innocenti.»

«Piantala, non sto scherzando, è scontato che i cuccioli li portiamo con noi. Ascolta, ho in mente una strategia perfetta: ci penso da quando ho restituito le chiavi di casa a Franco. Mi mancavate solo tu e Daria per completare il puzzle.»

«Sono lusingata. Non so Daria, ma io, più che un pezzo di puzzle, mi sento proprio a pezzi. Mi scoccia recitare sempre la parte della bastiana contraria, ma anche stavolta non riesco a seguirti. Andare ad abitare in piazza Navona? Mi sembra da megalomani.»

«Stammi a sentire... ho conosciuto da poco una tipa adorabile, si chiama Danila, fa l'attrice ed è amica di Roberta.»

«Roberta? Quella che si sta scopando Franco?»

«Sì, ma non è l'unica. E comunque mi ha solo fatto un favore. Poi, per il semplice fatto di avermi messo in contatto con Danila, meriterebbe una medaglia.»

«Contenta tu. Io la ragazza di Aldo la prenderei a cazzotti.»

«La situazione è diversa, ma non divaghiamo. Danila fa l'attrice, cioè praticamente nulla dalla mattina alla sera. Così ha il tempo per coltivare amicizie, e conosce mezzo mondo. Ha appena trovato una casa da sogno, duecento e trenta metri quadrati con un terrazzo di ottanta. Sono anche andata a controllare perché non mi sembrava possibile una botta di culo simile. Invece è tutto come ha detto Dani, anzi meglio: nel centro di Roma, non proprio in piazza Navona, ma lì vicino, in via dei Coronari, un posto da sballo. Sai a quanto?»

«No, e non mi interessa.»

«A milleseicentocinquanta euro al mese, spese incluse! Gliela dà un amico di amici a questo prezzo stracciato perché vuole affittarla solo a persone fidate... e in nero. Milleseicento eccetera diviso quattro è una sciocchezza: tu porti anche la baby-sitter, Danila si offre, dal momento che è perennemente al verde, di dare una mano come tuttofare, colf di lusso, segretaria, dog-sitter. Chiedi anche tu l'aspettativa... e poi ti guardi intorno.»

«Per vedere che? Macerie fumanti?»

«Piantala con queste tetraggini, se non trovi di meglio l'anno prossimo chiedi il trasferimento a Roma. Non è meglio insegnare matematica a Roma che a Castel Bolognese?»

«Se è per questo, potrebbe essere meglio rimanere completamente disoccupata.»

«Ma dài, con tutta la gente che conosciamo, una tipa come te la piazziamo subito. Non dicevi che volevi cambiare lavoro? Bene, è suonato il gong. Dài, Aldo è solo rimbecillito per una squinzia qualsiasi, ma non si tirerà certo indietro: provvederà per almeno un paio d'anni a mantenere te e la figliolanza.»

«Hai finito? Meno male. Ilaria, non so dove le trovi tutte queste energie, evidentemente sei nella fase 'araba fenice'. Ma se avessi tre figli sul groppone, un marito che ti molla per una venticinquenne, genitori che danno i numeri e una baby-sitter deficiente tra i piedi, saresti meno ottimista.»

«Ottimista o no, lo capisci testona che non possiamo perdere un'occasione del genere? È un affare. Nella vita, per non buttarsi dal primo piano, ci si butta tutti i giorni... »

«... dal decimo. Lo so, la conosco la tua teoria sulla grama routine...»

«Bene, ti servirà. Fidati, formeremo un team imbattibile. Avremo una famiglia super: quattro pupi, chi se li sogna in questi tempi di crisi? E senza le menate della famiglia, senza parenti e suocere, mutui e divisioni dei beni. Senza doveri, ricatti, senza uomini che russano come tromboni. Vivremo in un attico faraonico, sempre pieno di gente, di amici. Magari raccogliamo un cagnolino randagio. Ai gemelli piacciono gli animali, non è vero?»

«Sì, ma in questo momento come randagia ci sono già io. Non occorrono ulteriori rotture.»

«L'amore non porta mai a rotture: semmai è il disamore che fa brutti scherzi. Ti piace questa mia nuova visione della vita?»

«Quasi quasi ti preferivo scazzata.»

«Sbagli... perché non mi sono mai sentita così bene, così in forma. Vedrai come cuccheremo. I nostri nuovi fidanzati staranno fuori dalle palle. La sera ci porteranno nei ristoranti più chic, durante il weekend ai *Ciga Hotel*. Cucineremo leccornie solo per noi stesse, per i pupi e per la baby-sitter che sarà deficiente ma è pur sempre meglio di un uomo.»

«Stai delirando. Però sul finale sono perfettamente d'accordo.»

«Allora è fatta. E prenderemo in considerazione solo uomini che ci vizino e stravizino.»

«Sì, magari quelli che ci portano diritto dal loro gioielliere di fiducia, sussurrandoci: 'Scegli quello che vuoi, cara'. In che film vivi Ilaria? La vita non ti ha ancora insegnato un cavolo?»

«Avrebbe voluto insegnarmi quintali di cavoli. Ma sono recidiva e sono anche giunta alla conclusione che è meglio non arrendersi alla sfiga. Tutto sommato è meno banale esaltarsi che deprimersi.»

«Be', complimenti.»

«Dài, facciamo un po' di pernacchie a quella maestrina dalla penna rossa che è la vita. Gli uomini non ci viziano? Meglio, chi se ne frega degli uomini, ci vizieremo da sole. Tesoro, che cosa vuoi per festeggiare la nostra convivenza, un rubino, un diamante?»

«Pensavo che tu avessi toccato il fondo: ma evidentemente non c'è limite al peggio.»

«Guarda, non è poi un progetto così strano: ci vuole solo un po' di allegro coraggio. Da quando ho lasciato Franco e il giornale non faccio che pensare positivo.»

«Ma tu sei una pazza furiosa, io no.»

«Mariana, dammi retta, molla Bologna, cambia aria! Permetti ad Aldo di venire a trovare i bambini tutte le volte che vuole. Persegui una strategia buonista, al passo coi tempi. Vedrai, sarai una moglie separata modello, da farci sopra un bel servizio su *Donna Futura*.

«Sì, certo. E già che ci sei, perché non tiri in ballo anche Adelina Cantelli, la mia suocerina modello? O le suocere non fanno tendenza? Se non le viene un coccolone adesso, non le viene più.»

«Perfetto. Per evitarle i coccoloni, appioppale i pargoli. I nonni hanno bisogno dei nipoti. I giovani come te hanno bisogno di staccare la spina. Ma torniamo a noi. È un piano a prova di bomba.»

«Forse per te, che sei libera come l'aria, nessun figlio, nessuna casa intestata.»

«Ma da quando in qua è un problema, una casa intestata? Vendila. Per una volta un matrimonio sarà servito a qualcosa. Con un bel gruzzolo sotto il culo sarai imbattibile.»

«Se lo dici tu...»

«Ho pensato anche all'arredamento. Con i pezzi antichi miei e tuoi ci faremo un soggiorno hollywoodiano. Senza contare che Daria ha quella collezione di lampade liberty favolosa e Danila ha un po' di carabattole teatrali, tendaggi e separé che fanno tanto bohème. Vanni mi ha promesso una credenza antica che tiene in cantina. È anche tentato di mollarmi il nostro vecchio lettone, dice che non vuole più correre rischi, un lettino singolo non fa venire strane idee.»

«Ma che brava! Hai sistemato tutto: Daria, me, te, i pupi, e pure il mobilio, escluso il comodino di Aldo! Complimenti, lo sai che sei un fenomeno? Hai un bel coraggio: pretendi di propinare il tuo nuovo ordine a una tartaruga perplessa come me, proprio a me che ho sempre pensato che vada tutto a capocchia.»

«Siccome effettivamente va tutto a capocchia, è meglio farlo andare a capocchia in un posto nuovo, con tante amiche, lontano da un marito con le orecchie basse e da parenti lacrimosi come coccodrilli. Sfuggire a un simile incubo è già una vincita al Super Enalotto. E Aldo crederà che scappi da lui. Sublime perfidia, non credi?»

«Perché?»

«Perché, ammettilo: non si è mai tristi per una storia finita, anzi, quasi quasi si prova sollievo. Sei solo un po' frastornata, ma ti pare di volare, lontano da quella mappazza di famiglia. E non è neppure colpa tua! Ma hai avuto una botta di culo pazzesca!»

«Sì, certo, ho avuto una botta di culo pazzesca, ne parlano tutti i telegiornali, a Bologna hanno messo pure gli striscioni. Mi fai ridere, sei la solita.»

«Brava: è così che si fa. Lascia che ti dia una mano, sai che sono brava negli affari pratici, vedrai che la casa la venderai a un prezzo più alto di quello che l'hanno pagata i tuoi genitori. Saranno contenti, non credi?»

«No.»

«No? Pazienza. Almeno sapranno di avere investito bene il loro denaro. Sei figlia unica, hai o non hai il diritto di decidere del tuo patrimonio?»

«Se lo dici tu...»

«I tuoi genitori vogliono solo la tua felicità. E lascia che io mi renda utile: per me traslochi, atti notarili, disfatte sentimentali, divorzi, cambi di domicilio sono giochi da principiante...»

«Guarda, a malincuore, ammetto che sei affidabile. Nelle mattane, una garanzia. Quando decidi di salvarmi dalla mia vita trash, poi, sei un portento. Adesso non montarti la testa, sei già megalomane di tuo. Non montartela perché non ho ancora deciso.»

«Ascolta la mia proposta: la settimana prossima lascia i bambini per tre giorni ad Aldo, il minimo che può fare è spupazzarseli per settantadue ore. E tu vieni a Roma con me e con Daria. Ti passiamo a prendere in macchina, servizio a domicilio. D'accordo?»

«D'accordo. Tu sei fuori come un balcone. Va bene, vengo, affare fatto: mai contraddire i balconi. Mi arrendo. Sei un amore di amica, però sia chiaro: questo non implica nessuna mia adesione.»

«Certo, del resto anche Daria non mi ha dato ancora una risposta. A dire il vero non sa ancora nulla della mia idea di partire nel prossimo weekend... così non hai problemi con la scuola. Ho o non ho pensato a tutto?»

«Direi proprio di sì.»

«Ah, dimenticavo, devo avvisare Danila che ci piazziamo nella sua catacomba di via Barberini. A proposito, dobbiamo obbligarla a venir via di lì, se non vogliamo che muoia di reumatismi!»

«La versione fenice premurosa è una new entry? Comunque, devo essere del tutto andata, sarà l'effetto degli psicofarmaci, ma ho una gran voglia di fare questo viaggetto con te.»

«Faremo un giro fighissimo, alla Thelma e Louise, con il lieto fine però.»

«A me sembra solo un giro alla Ilaria e Mariana, quelle due che finivano sempre nell'ultimo banco.»

«Appunto, un giro alla Ilaria e Mariana. E ti par poco?»

# Nove

Ti deluderò Ilaria, ma non posso accettare: non credo alle fughe. Né alle corse. Non ho il tuo attivismo, né il tuo tempismo. Non ho il tuo ottimismo, né il tuo spirito d'avventura. Sono sicura che fai benissimo a tornare a Roma, però sono anche sicura che lì non c'è nessuna sorpresa speciale ad attendermi. Da adesso in poi, semplicemente, mi aspetto qualcosa di più da me stessa. E per questo progetto non è necessario cambiare indirizzo. Per lo meno, non subito.

È troppo presto per me, Ilaria, non ce la faccio a seguirti a Roma. Voglio coccolare il mio dolore (ho chiuso per telefono la storia con lo sposato & soddisfatto, è molto triste lo so, però mi sembrava inutile rivederlo). E, naturalmente, anche la mia ritrovata energia. Da sola.

La tua generosità e la tua forza sono trascinanti, il tuo senso degli affari una certezza: la casa sarà bellissima, lo so, con un viavai di gente simpatica e interessante. Ma io non amo i cambiamenti repentini. Quello che a te dà ansia, la routine, a me dà senso di appartenenza.

Non escludo il progetto Roma dalla mia vita, anzi, prima o poi mi immagino con te, a sorseggiare caffè su una terrazza affacciata sui tetti... ma deve accadere, io non ho la sfacciataggine necessaria per accelerare il corso degli eventi. E per il momento gli unici contatti che ho sono qui, con la Rai di Torino: forse c'è bisogno di un coautore in un programma per bambini. È un programma carino e il regista è amico mio.

Ti prego, anche se non accetto l'invito alla tua festa (quando smetterai di pensare che la vita è un happening?), tifa perché vada in porto questa cosa.

Ho bisogno di andare per gradi (e anche di disinnamorarmi per gradi, non ho il tuo serraglio di spasimanti!)

Tua affezionatissima

Daria (perdono!)

# Dieci

Siccome ti conosco, Daria, ho sperato che tu accettassi, ma sapevo che non lo avresti fatto. La solita solfa, un po' come negli innamoramenti.

Per fortuna qui si tratta di una grande amicizia, non di piccoli amori: non ci saranno incomprensioni, né giudizi. Fai bene a non venire a Roma e fai bene a sfruttare le tue conoscenze a Torino.

Coautrice in un programma per bambini: mi sembra la cosa migliore che ti potesse capitare, perfetta per una ragazza madre finalmente libera da un lavoro (e da un uomo) che non le piace più. Vedrai che ti farai onore, sei così brava! Ed è ciò di cui hai bisogno in questo momento, un cambiamento nella stabilità, una novità stimolante, ma non spiazzante.

Ancora una cosa: otto mesi fa ti struggevi per amore, tre settimane fa ti licenziavano in tronco. Alla faccia della donna insicura che ama piangersi addosso!

Avanti a tutta birra, Daria, lo sai che tifo per te (a proposito: liquidarlo per telefono è stato un atto di grande autodisciplina, hai imparato velocemente la sua lezione).

Dimenticavo: per la futura villa sulla Cassia (con parco, piscina e coppia di filippini) occorrono i fondi di una nota autrice Tv.

Ti abbraccio

Ilaria

# Undici

Puntualissima, anche se sola com'era prevedibile, era passata a prenderla Ilaria. Tutta in tiro come sempre, acchiccherata con vari accessori, cappello di paglia intonato coi fiori della gonna trasparente ma non troppo, occhiali da sole che facevano tanto *Il tè nel deserto*: un insieme decisamente parigino, un tantino sprecato per una via semicentrale di Bologna. Era proprio la sua amica Ilaria, un po' troppo vistosa, tanto da far dimenticare che era bella sul serio. Un semaforo umano, luminoso e rosso che se non si fermavano a guardarla commentava: «Si vede che sono tracollata». Compatta, nella sua matassa di insicurezze. Tutto sommato Ilaria se la cavava piuttosto bene, i suoi casini non le avevano ancora scalfito la scintillante corazza.

E rimaneva bella anche quando deponeva l'armatura, lo scudo e tutti gli ammennicoli che distoglievano dalla vivacità dei suoi occhi. Quando si limitava a essere un po' fané, senza eye liner tracciato con cura, coi capelli asciugati alla speraindio, Ilaria era strepitosa. Come dirglielo, senza deluderla?

Del resto, quegli accurati mascheramenti sostenevano Ilaria da quando la conosceva, dagli anni del liceo. Già allora si metteva in tiro e partiva all'attacco: dopo ogni quattro a scuola la minigonna diventava ancor più mini, ed estrosi ciribecchi nei capelli esprimevano i tormenti del suo cuore acciaccato. Ma anche quando veniva sorpresa in versione casalinga, Ilaria si sentiva ancora e sempre in dovere di fare scena. Con la sigaretta storta tra le labbra mormorava: «*Oui, je suis Françoise Sagan... ça va?*» Al naturale, non le pareva di essere la stessa Ilaria che partiva lancia in resta: doveva per forza recitare una parte, magari quella della scrittrice alla deriva.

«Ili, hai poche rughe per fare la Sagan, bevi poco, dormi troppo, e non soffri abbastanza.»

«Macché, soffro, soffro, solo che lo faccio con delicatezza, in punta di piedi, o sui tacchi a spillo, e nessuno se ne accorge. Mi manca il look della sofferente, ecco tutto. Rispetto a Françoise, poi, scopo così poco! E spesso lo faccio per cortesia.»

E giù a ridere.

Che tenerezza il suo bisogno di insistere nel sopra le righe. Chissà se si comportava così anche con Daria, sicuramente più simile a lei? Oppure quello era il regalo un po' paternalistico che riservava alla sua amica più banale? All'inizio Mariana aveva avuto soggezione di Daria, così schiva e pungente, ma forse quel giudizio era dettato solo dalla gelosia. Invece col tempo aveva iniziato ad apprezzarla, a considerarla uno dei tanti doni speciali di

Ilaria, mai convinta di meritare l'affetto di qualcuno, indipendentemente da tutto.

Anche oggi Ilaria aveva progettato ogni istante a modino: sgommata della cabrio blu sotto casa, imperioso suono del clacson, atletica corsa rassodante sulle scale, baci schioccanti ai gemelli e coccole extra a Titta, con le consuete raccomandazioni: «Titta, da brava, fai il contrario di quello che hanno fatto la tua mamma e la zia Ilaria. Fai la stronza anche per noi... Inizia ad allenarti adesso, non è mai troppo presto». Aveva avuto parole di approvazione per la scelta di Daria (sapeva nascondere benissimo le delusioni), era stata perfetta coi pupi e carina anche con Aldo, un miscuglio di affetto e di pena per quel poveraccio più frastornato che mai. Aldo che da un momento all'altro si aspettava da Mariana una scenataccia e invece no, solo una nuova, civilissima richiesta: «Io vado con Ili per tre giorni a Roma, non ti dispiace occuparti tu dei bimbi?». Povero Cantelli, ora anche Ilaria, con la sua gentilezza, contribuiva a stenderlo. Da una pazza simile si aspettava argomentazioni postfemministe, battute caustiche, consigli non richiesti acidi come limoni verdi. Invece Ilaria, giuliva come un'oca, prendendolo sottobraccio, aveva salutato Aldo così: «Comunque, avete fatto tre capolavori... mi raccomando: fai il bravo ometto di casa!» Tapino di un Aldo, lo avevano lasciato di stucco.

Adesso loro due erano in macchina, correvano sull'autostrada e cantavano a squarciagola: Mariana non si sentiva così felice da anni. Al distributore un gruppo di tamarri l'aveva lumata come si fa con un oggetto esotico:

altro che signora Cantelli, era una ragazza sulla cabrio, anzi una bimba che correva fresca e libera come il vento.

Felice e leggera come la risata che le saltellava nello stomaco.

Felice come una donna che è capace di ricominciare daccapo.

# Dodici

Eccola, la sua Mariana, che cantava a squarciagola: «Ho bisogno d'amoreee» mentre il suo matrimonio stava tracollando.

Che forza, Mariana. Mica se l'era scelta a caso, la sua amica. Dal liceo fino a oggi, solo una talentuosa inconsapevole come Mariana avrebbe potuto reggere le sue concioni trombone e i suoi progetti mitomani. Tante volte Ilaria aveva pensato: Se fossi un'altra mi starei sul culo. Un'altra, ma non Mariana, così soave nel suo saper ascoltare, pazientare. Una versione riveduta e corretta di Claudia, una versione meno pesante, e non solo perché non era sua madre: Mariana era sanamente irresponsabile, disposta all'avventura, per nulla incline al sacrificio.

E com'era bellina: chi l'avrebbe detto che aveva sfornato tre figli, che aveva vissuto dieci anni durante i quali non era passato nulla sotto i ponti, a parte noia e fastidi? O meglio, di cose ne erano passate, e non solo i tre figli: come il catastrofico invaghimento per Angelo. Un amore che doveva averla stesa. Un dolore in cui Ilaria aveva messo ben poco il becco, solo il minimo indispensabile. Aveva visto Mariana disperata ma superbamente orgogliosa: aveva alzato la testa subito, raddrizzato la schiena, sfornato tre magnifici eredi, giocato spensierata con loro, sopportato con grazia (quanta grazia!) parenti dal primo al sesto grado. Ilaria aveva capito il suo bisogno di tacere su Angelo, di stordirsi con nuovi progetti, nuove bugie, di scostare da sé per sempre la scomoda giovinezza.

Ma adesso che la sua amica le mandava un segnale e le chiedeva aiuto, adesso Ilaria ci sarebbe stata, eccome. Nessuno aveva avuto tanto bisogno di lei negli ultimi anni: non certo Franco, non certo il direttore del suo giornale, tantomeno le sue preziose collaboratrici, compresa Roberta.

E nemmeno Daria, così forte, in fondo, nella sua dignitosa scelta del profilo basso. Così bisognosa di parole, più che di fatti.

Sarebbero state felici insieme, lei e Mariana: leggere e pimpanti come ragazzine.

«Beata te che sei già arrivata». Glielo diceva sempre davanti al cancello di casa, alla fine di ogni mattinata scolastica. E Mariana, invece, doveva sciropparsi almeno altri due chilometri di strada. Quello scherzo era un rito, come il caffè. Quale altro rito avrebbero inventato per la casa di via dei Coronari? Si vedeva già la scena: loro due, paciose, coi tazzoni colmi di caffè bollente, in una solare cucina col pavimento di ceramica bianca, oppure davanti al fuoco di un camino scoppiettante.

Ilaria era certa che Daria non si sarebbe mossa, ma anche su Mariana non aveva dubbi: la sua talentuosa amica avrebbe alzato le chiappe, sarebbe venuta a Roma, lasciando tutti a bocca aperta. Altro che seconda attrice, avrebbe recitato una grande parte.

L'indimenticabile sceneggiata che si recita nella vita quando si decide di volere qualcosa, magari contro tutti, e di ascoltare finalmente se stessi.

# Tredici

La casa era fantastica, oltre ogni previsione. Mariana era raggiante. Altro che Angelo, altro che Aldo. Quella casa sarebbe stata anche sua: un maniero da dividere democraticamente (i miracoli dell'amicizia) con altre due regine. E naturalmente coi suoi adorati pargoli. Aveva già adocchiato le due stanze per i gemelli e la Titta, lei e Teresa avrebbero invece occupato quelle del soppalco. Sicuro, la stanzona doppia era quella di Ilaria, per metà camera da letto e per metà studio; per Danila invece sembrava perfetta quella che dava sul terrazzo, la più ecologica, la più fricchettona con la finestra dipinta a mano.

E il salone? Un megasballo, con vista su terrazzo di pietra affacciato sui tetti rossi di Roma. Un salone che il gusto megalomane di Ilaria avrebbe reso ancor più fastoso.

C'erano persino tre bagni: con quattro donne e tre bimbi in casa non erano certo troppi. In quello principale troneggiava un'enorme vasca con l'idromassaggio. Mariana si vedeva già spaparanzata in una nuvola di schiuma rosa: guai a chi l'avrebbe disturbata in quel trionfo di bollicine e relax. C'erano o non c'erano i turni in casa dei Coronari?

La cucina era degna delle fiabe della nonna: prometteva succulenti minestroni invernali, fresche insalate estive tagliate sottili sottili, infusi e pozioni per ogni stagione, per ogni pianto d'amore: ma quanto si poteva piangere in una cucina di mosaico azzurro con il pavimento di ceramica bianca? Poco, poco... l'unico vero rischio, lì dentro, era di ingrassare come tacchini, scoppiare prima o poi per overdose di serenità.

Rimaneva una stanza vuota: a che cosa adibirla? Palestra, videoteca o guardaroba multistagionale? Doveva deciderlo subito. E doveva fare i conti con Ilaria, che se l'era sbrigata come sempre, a modo suo, con eccessiva generosità, per aggregarla alla tribù. Lei avrebbe invaso il territorio con quattro persone, come poteva pagare la stessa quota di Ilaria e Danila? Perbacco, un minimo di par condicio, e di precisione: era o non era una proffia di matematica?

Era fatta, nessuno poteva rifiutare condizioni simili: come respingere un risotto al tartufo dopo essersi nutriti di bacche per anni?

«Ilaria, è fatta!»

«Urrah, tartaruga! Ne ero certa, ma ce ne hai messo del tempo!»

A quel punto Danila si era illuminata come una lampadina. E vai, con i sogni in technicolor.

«Che bello! Che meraviglia! Quando traslochiamo? Quando porti i pupi e la baby-sitter? Non ti dispiace se per le grandi occasioni spacciamo Teresa per cameriera? Non si sa mai, metti che devo invitare un produttore a cena. Teresa si offenderà se le piazziamo la crestina in testa? Grembiule nero e crestina bianca: un effettaccio da star. Però devo subito disdire la casa di via Barberini: per correttezza è meglio avvisare la principessa due mesi prima.»

«Veramente la principessa non è stata tanto corretta quando ti ha affittato una cantina al posto di un appartamento. Lasciamo perdere, ci rifaremo con la reggia. Direi che possiamo prenderla per luglio: siamo a maggio, tra luglio e agosto sistemiamo tutto. E a settembre, chi ci ammazza a noi? Coi soldi risparmiati sulle vacanze potremmo comperarci vari attrezzi per la palestra e sdraio per il terrazzo. Altro che Milano!»

«Ma io in vacanza non ci sarei andata comunque: sono in bolletta più sparata del solito. Sai, noi attrici...»

«Sei la solita megalomane Ili, qui non si compra un fico, dobbiamo raggranellare il becchime per i tempi duri, non siamo mica 'giornaliste brillanti', noi...»

«Andate a farvi friggere miss pitocca e miss sfottò. Va bene, per ora mi arrendo, però sentite la mia proposta alternativa. Il primo colpaccio che capita a una di noi tre si inaugura la tassa 'botta di culo'. Un dieci per cento da devolvere in beni domestici. Non ti fregare le mani Danila, prima o poi ti capiterà una pubblicità in esclusiva e dovrai scucire come minimo cinque bulloni tondi tondi. E tu, cara la mia mammina santa, se i pupi rompono troppo come minimo ci devi invitare al ristorante. Senza contare che se cambi lavoro tu sarà a tutti gli effetti una botta di culo.»

«Eccome! Se smetto di insegnare matematica sono pronta a pagare anche una tassa del venti per cento.»

«Ragazze, non esageriamo. Però, secondo me, questa casa nel giro di un anno avrà tutto: palestra, cineteca, reparto dietetico.»

«E pure la cameriera con tanto di crestina in testa, ma quella vera, non la baby-sitter riciclata. Vergogna, siete due bieche sfruttatrici, segnalerò il caso a chi di dovere.»

«Ha parlato la donna tutta core e sentimenti.»

«Ma io non sfrutto nessuno, volevo solo ottimizzare. Anzi, adesso che ci ripenso, se mi date un mille euro al mese e non lo dite ai produttori, la faccio io la cameriera con la crestina in testa.»

«Ma insomma, un po' di decoro! E non ti lamentare, quando sarai famosa, se rivelerò il fattaccio a un giornale scandalistico. Vedo già i titoli a caratteri cubitali: 'Danila Nero, per sbarcare il lunario, faceva la colf con la crestina in testa. Coi soldi dello scoop pagherò le spese di casa per un anno'.»

«Basta, aria, stop, siete due pazze furiose. E siccome l'unica persona assennata sono io, l'unica madre di famiglia sono io, l'unica ad avere un lavoro normale sono io... propongo di iniziare a fare il punto della situazione, stanza per stanza. Vediamo che cosa può mettere a disposizione ciascuna di noi. E non dimentichiamo gli elettrodomestici, sono fondamentali!»

«Non ti facevo così stratega, tartarughina.»

«La necessità aguzza l'ingegno. E poi, non mi hai mai vista nella mia forma migliore, quando sono innamorata pazza. Io questa casa me la mangerei. È vero: trasuda felicità da ogni spiffero. A noi respirarla tutta.»

«Secondo me questa casa ci porterà una fortuna pazzesca.»

«Ben detto mami, ben detto divina... Allora, cara la mia tribù, è deciso: qui si piantano le tende. Affare fatto?»

«Affare fatto!»

«Affare fatto!»

# Quattordici

«Affare fatto. Allora, signorina Pagni, firmi qui. Con questo contratto lei si impegna a lavorare per la nostra produzione con la qualifica di assistente alla regia. Lo stipendio non è molto alto, ma è un'occasione unica. Come saprà, ci sono decine di giovani che pagherebbero per essere al suo posto. E so che collaborerà anche alla sceneggiatura...»

«Solo per qualche ritocco giovanilista. Dopo il successo di *Generazione invisibile* pare sia necessario esprimersi come sbarbati anche dopo i trenta.»

Quell'uomo untuoso e antipatico non sembrava affatto interessato alle sue battute, né alle sue piccole competenze letterarie. Nemmeno pareva apprezzare il fatto che Roberta non avesse battuto ciglio sulla paga oggettivamente bassa. Era stata puntualissima, precisa e umile. Ma per quel funzionario grigio e astioso, Roberta era semplicemente la nuova sgallettata di Luci, una raccomandata di cacca. Una stronzetta più stronzetta delle altre perché non si accontentava della solita particina ma se la tirava pure da figa intelligente. Intollerabile. Figuriamoci se quel tappo impomatato aveva letto una riga dei suoi soggetti. Cominciava a capire quanto costasse sbarcare il lunario da avventuriera. C'è un prezzo per tutto, e Roberta suo malgrado si accorgeva che stava pagando un prezzo troppo alto per il suo orgoglio. Più si appoggiava a Franco, più perdeva smaglianti certezze (compresa la grande stima di se stessa); più si attaccava a lui, più lui si allontanava. Quasi quasi rimpiangeva Milano, la sua Uno gibollata, il suo monolocale che aveva affittato per un anno, perché ultimamente godeva di tanti fringe benefit ma guadagnava meno di prima. Di sicuro rimpiangeva Ilaria, il rapporto di lavoro che si era stabilito con lei: diretto, basato su mazzi & meriti. Mentalità da bauscia? Forse. Ma sai la praticità. «Il pezzo è ok, brava, grazie mille». Stop. D'accordo, aveva scritto articoli spazzatura, ma almeno la sua vita era stata pulita. Adesso invece era un blocco di immondizia, puzzava di pesce, di marchette rancide. Forse stava prendendo delle scorciatoie, ma di sicuro avrebbe trovato più semplice arrampicarsi su una mulattiera in pattini a rotelle.

E anche Lorenzo Casti, suo padre (o presunto tale: perché Dolores non aveva ingaggiato battaglie legali per farla riconoscere?)... che mazzata. Che brutto soggetto. Buono solo per la sceneggiatura di un film.

*Scena quattro. Interno notte, ristorante finto alternativo veramente salato.*

«Così tuo padre si chiama Arturo Pagni e fa il jazzista in un locale di Cesano Boscone...»

«Veramente è un impiegato statale, però il jazz è la sua vita. Si anima solo quando suona, per lui la musica è più importante di qualsiasi altra cosa.»

«Coltivare una passione senza concretizzarla in un mestiere, senza l'ansia dell'ambizione... ma è il massimo! Fare l'artista a tempo pieno è così banale, e fuori moda. Senza contare che il successo e i soldi inquinano tutto, e che ci si abitua subito al lusso. Gli aspiranti scrittori dovrebbero fare i bidelli, mentre io sogno una carriera da casellante!»

Ma intanto stava dall'altra parte, a ritirare il biglietto su un'auto d'epoca, una chicca da varietà di quart'ordine.

La guardava compiaciuto: era soddisfatto del sublime pensiero debole appena professato, non lo sfiorava il dubbio di essere stato volgare, di aver detto scemenze imperdonabili. Dopo una pausa a effetto, aveva sorseggiato il vino d'annata e rivolto lo sguardo sul viso lentigginoso di Roberta. Si aspettava riconoscenza, se non entusiasmo: non capita tutti i giorni di essere interessanti agli occhi di Lorenzo Casti.

«Io invece vorrei diventare ricca e famosa, o per lo meno contare quanto basta per non dipendere da nessuno. Propongo un referendum per la rivalutazione degli anni Ottanta, sinceri e brutali. A ognuno di noi interessa vivere al meglio, servito e riverito. Riconosciuto. Alla faccia di chi se lo prende nel culo: come mio padre, come mia madre.»

«Sei molto carina quando ti arrabbi. Ma non ti serve

questa grinta, questa rabbia... hai già tutto ciò che ti occorre per essere felice. Una pelle d'incanto, per esempio.»

Lorenzo Casti non aveva voglia di polemizzare. Non era abituato a mettere in discussione il suo fascino. Figuriamoci se si doveva spremere le meningi per una semisgallettata senza né arte né parte.

Da quando aveva conosciuto Roberta, fugati i dubbi sullo spinoso cognome Pagni, si era sentito in dovere di farle una corte sciatta e sfacciata. Forse lo attizzava proprio il fatto che Roberta fosse la ragazza di Franco: l'intellettuale regista non aveva nessun timore reverenziale nei confronti del produttore buzzurro.

«Non è una rarità avere una bella pelle a ventisei anni.»

«Mi spiace contraddirti ma non è così: sono un vero intenditore. Però non capisco perché sprechiamo tanto tempo con parole inutili. Chi si è occupato dell'arredamento di questo ristorante è un cane, ha fatto un errore imperdonabile, ha sbagliato l'illuminazione. La luce è tutto, altro che i fatti. Chi mi dice che una cosa è nera o grigia? Che esiste o meno? A casa mia, credimi, c'è l'illuminazione perfetta... Fidati, ti avvolgerò dentro i tuoi colori.»

Bel tomo, 'sto Casti: cercava di scopare la ragazza del suo benefattore (senza nemmeno aspettare la frutta) con mezzucci striminziti, frasi a effetto da cultura post-age. Cercava di portarsi a letto gratis una ragazza magra e bionda che gli assomigliava un po'. Perché era sua figlia. Forse.

Davvero veniva da quell'uomo arido e cinico? Da quel

modaiolo di merda con la puzzetta sotto il naso e pose da guru-playboy? Presuntuoso, arrivista, ignorante, ingrato. Noioso. Cazzo, un'altra toppata.

E adesso come gli avrebbe fatto capire che non aveva nessuna voglia di farsi illuminare da lui?

«Mi sembra che corri un po' troppo. Io sto con Franco.»

«Chi ti ha detto che sono geloso?»

No, questa se la poteva proprio risparmiare: ogni uomo sposato, fidanzato, avverso alla monogamia che aveva incontrato nella sua breve vita le aveva scodellato la stessa broda. Ma chi ti conosce? Perché dovrei buttarmi a pesce nel tuo letto?

«Magari è geloso Franco.»

«Lui? Roberta, a me non la racconti: con uno come Luci non si sta per amore.»

Quanta bassezza. E con questo infingardo da soap opera avrebbe dovuto lavorare tre mesi, per due lire, sempre che lui non venisse a sapere che quella baby lentigginosa era figlia di Dolores Pagni e lo aveva raggirato. Una mocciosa vagamente anoressica che (forse) era il frutto della sua imperdonabile disattenzione con una patetica attrice di serie C.

Dolores... Roberta l'avrebbe baciata, abbracciata, avrebbe ballato con lei. *Mamma, se non c'eri tu, questo mi sparava un calcio nel culo. E se per caso non sai di chi sono figlia, pazienza, sei stata comunque grande. Non sarà provato scientificamente, ma le donne sono molto meglio degli uomini. Meglio Ilaria di Franco. Meglio Dolores Pagni di Lorenzo Casti. Meglio Danila, meglio Ro-*

*berta di tutti i Malpica, gli Anselmi, i gallinacci che razzolano nel cortile del pazzo mondo.*

«Forse io non so perché sto con Franco, ma di sicuro non lo sai tu. Scusami ma credo sia meglio chiamare un taxi, sono molto stanca.»

Voilà. Servito di barba e capelli. Che respiro di sollievo. Un esordio promettente per riprendere a respirare, a scommettere, a volare da sola. Da Roberta Pagni. Da capitana coraggiosa della sua esistenza. Chi cacchio era 'sto Lorenzo Casti?

Ma diciamolo, finalmente: il soggetto e la sceneggiatura del suo ultimo film erano proprio una schifezza.

# Parte terza

# Uno

Cara Daria,

lo ammetto: anche i capi tribù hanno i loro momenti di scazzo.

Oggi piove, il mio umore è pessimo e i gemelli sono più pestilenziali del solito, nonostante la pazienza certosina di Danila (si diverte talmente tanto con loro che c'è da chiedersi cosa cavolo ci sta a fare una baby-sitter in questa casa. Del resto Teresa si presta a qualsiasi mansione: segretaria, cuoca, parrucchiera, pur di non dover badare ai pupi... come la capisco!).

Mariana sta pochissimo a casa, il lavoro come addetta stampa in *Kaotica* la sta prendendo un casino. Beata lei, sprizza entusiasmo da ogni poro, e senza complessi di colpa, perché può contare su Danila, una vice mamma a tutti gli effetti. A proposito: sta vincendo tanti di quei provini da mamma («Lei è bravissima, lo sa che ha un'espressione perfetta?») che con la tassa «botta di culo» ha pagato quasi interamente la palestra.

E io? Qui arrivano le dolenti note: mi sento un povero capo senza penne, e non sono stata certo viziata quanto a botte di culo, ultimamente: scrivere senza un committente è dura, a tratti penso che il romanzo sia proprio brutto, che non sono tagliata per questa vita autarchica. A volte mi pare addirittura di rimpiangere il caos della redazione. Ma poi mi ravvedo subito e mi dico: Se non sforno un besteller in questa reggia incantata formato famiglia, metà tana da intellettuale e metà dimora da diva, dove lo sforno?

E se i problemi non fossero il lavoro, la realizzazione, il talento? Se il problema fosse solo la solitudine? Che casino, la vita! L'altra sera, alla prima di *Messaggio in codice,* ho rivisto Franco: era in compagnia di una ragazzina, bella, sconosciuta (per il momento), con un'arietta da «lo ce l'ho d'oro». Mi è sembrato in forma e imbarazzato: così l'ho salutato con un sorriso splendente, aiutata dal fatto che ero con Vanni... e che i miei due bei tomi si conoscono piuttosto bene.

Come fa comodo la falsità della vita da adulti, in certe circostanze. Salvare le apparenze. Vanni trova Franco un paesano al cubo, un incompetente; Franco considera Vanni un trombone che ripete sempre le stesse battute.

Ovviamente, si sono fatti mille salamelecchi, e io, da brava, sono stata al gioco, una signora spiritosa che osserva con discrezione il nuovissimo flirt del suo ex (quasi) fidanzato. Sono stata all'altezza, cosa non troppo difficile quando l'altitudine è zero. Dopo, però, che senso di squallore, di banalità senza scampo. Franco è pure dimagrito, forse va a fare footing tutte le mattine per poter rincorrere la sua brunetta ancora fresca di scuola media. Roba che al confronto Roberta è una tardoncella. Già, chissà che fine avrà fatto Roberta? Neanche Danila ha sue notizie.

Speriamo che la vita non abbia steso anche lei...

Hai tempo per consolare un po' la tua amica? Avrei voglia di seppellire l'ascia di guerra, fumare il calumet della pace, non fare più un tubo e chi si è visto si è visto. Che stabilisca qualcun altro il cammino, i progetti di felicità. Sono alla frutta o sono solo stanca? Tu come te la passi? Quando ti decidi a venire qualche giorno a Roma?

Mi manchi.

Ilaria

# Due

Mariana non l'aveva previsto: si può tornare a essere felici. In qualunque momento. Non c'è niente di sicuro, nemmeno il proprio scazzo. Non si ricordava così spensierata dai tempi di Angelo. E aveva molte frecce in più al suo arco: per esempio questa nuova consapevolezza da triplamamma carina, single e realizzata, con un lavoro fantastico, proprio come la comune di via dei Coronari, proprio come tutta quanta Roma. Doveva questo entusiasmo oltranzista solo al suo provincialismo? Alla ritrovata libertà che andava di pari passo con la riscossa professionale? Davvero si stava truccando con quella cura (e aveva quella luce negli occhi) semplicemente perché amava di più se stessa?

Il campanello. Ruggero era in anticipo, anche lui aveva una gran voglia di vederla. Il solito programma: cinema, un piatto di pasta in trattoria, il gelato preferito da mangiare camminando per le vie del centro, le chiacchiere fino a notte inoltrata. Come le piaceva ascoltare Ruggero, confidarsi, farsi psicanalizzare gratis da lui. Quante cose sapeva, quante cose le spiegava. Che fortuna, conoscere tardi il privilegio di un inciucio romantico ma intellettuale: Ilaria e Daria frequentavano Ruggero da troppi lustri per prenderlo in considerazione come fidanzato. E avevano lasciato libero il posto a lei. Ma sì, era giunto il momento di dirsi la verità. Mariana Salvo era felice perché traboccava di progetti e di intenzioni. Le migliori intenzioni: prima fra tutte conoscere carnalmente questo semiaitante sessantenne con famiglia molto allargata a carico (quattro figli, un nipote e due ex mogli. Complimenti, la batteva sette a quattro). Sì, Ruggero sarebbe stato il suo uomo, e avrebbero vissuto in case separate, per fare meglio gli amanti.

Che coppia, la loro: un filosofo fascinoso con una discepola mozzafiato. Altro che proffia di matematica, lei sarebbe tornata alunna, e ogni giorno si sarebbe beata di lezioni private di filosofia e di vita. Non le pesava affatto che Ruggero fosse tanto più vecchio di lei, era lo specchio nel quale voleva riflettersi da adesso in poi, uno specchio nitido ma indulgente: non si sentiva così splendida, desiderata e figlia da decenni.

«Sei uno schianto Mariana! Non starai esagerando?»

«Merito della lezione numero ventidue: diventa ciò che sei...»

«Sarò all'altezza della situazione? Non ti avevo mai vista in versione Marilyn...»

«Veramente mi sentivo molto minimal e anche un po'

radical. Dovevo immaginarlo, che un abito suggerito da Ilaria fa sempre un effetto sopra le righe.»

«Non mi toccare Ilaria, non la benedirò mai abbastanza: ci ha fatto incontrare.»

«Idem, con l'aggiunta che mi ha fatto un altro regalo speciale: Danila. Anche questa sera ha portato le pesti gemellate a mangiare la pizza, c'era con lei Maurizio. Mi è simpatico quel ragazzo.»

«Scommetto che stai già facendo progetti su loro due. Quando ti deciderai a pensare un poco a te?»

*Ci penso, ci penso.* «Maurizio e Danila? Figuriamoci, ma cosa ti viene in mente? Lui puzza ancora di latte! Del resto si sono conosciuti al parco grazie a Titta. E poi, via, non ha l'allure del maledetto: Danila in amore vuole soffrire superbamente. Maurizio è solo un bravo ragazzo, un laureato in lettere disoccupato che continua a fare il cameriere part time senza nemmeno la scusa di doversi pagare gli studi.»

«Secondo me sottovaluti Dani. Ma certo, tu sei specializzata in sottovalutazione... però è anche vero che è risolta in questo periodo, nessuna passione improbabile, nessun copione da tragedia di serie C.

«Ah, quindi bisogna essere irrisolti per innamorarsi! Non sono d'accordo, penso l'esatto contrario. Ma convengo che Dani sta benone: al momento è la mamma più richiesta della pubblicità!»

«Dice che la ispirano i tuoi pargoli. Mai vista una persona generosa come lei, non si sente protagonista nemmeno delle sue buone azioni. Bella contraddizione per un'aspirante star.»

«Però, per una volta, non è lei a preoccuparmi ma Ilaria.»

«Questa poi... non ci si preoccupa per un carro armato.»

«Il solito uomo superficiale. Ilaria è molto più fragile di quello che sembra.»

«Semmai è la sua fragilità a renderla speciale e a salvarla dalla sua forza.»

«Teoria suggestiva, ma secondo me dovrebbe semplicemente innamorarsi. A proposito, ho visto che salutavi quel tizio che abita al piano di sotto. Ha un muso da topolino che mi ispira.»

«Chi, Marco Alberti? Non ho mai fatto caso alla sua faccia. In compenso posso dirti che è uno scrupoloso critico letterario, un eccellente traduttore. Un tipo giusto, allergico ai salotti e alle mode culturali, un cane sciolto.»

«Ergo: non ha uno straccio di potere. Mi sembra perfetto per Ilaria.»

«Son contento che la nostra professoressa di matematica abbia fatto bene i suoi conti. Ma adesso dobbiamo pensare a noi. Se non ci sbrighiamo perderemo il film.»

«Già perso. Questa sera ho altri progetti. Ilaria è a Milano, Titta a Bologna da mia suocera, i gemelli in pizzeria. La reggia è nostra.»

«Mariana... Tu mi vuoi far deviare dalla retta via. Come riuscirò a morire dal momento che sono così felice?»

«Per adesso pensiamo a vivere. Non vedi? Siamo così giovani...» Solo cent'anni in due.

# Tre

Cara Ilaria

dalla triste Torino non giungono notizie più confortanti. Ci pensavo stanotte: da quando la mia storia si è conclusa in modo così inglorioso, un velo grigio si è steso sulla mia esistenza. Lavoro, bado a Giacomo, esco con gli amici, cerco di tenermi in forma, rido, scherzo, faccio anche qualche conquista, insomma me la cavo abbastanza bene, ma è come se ogni cosa avesse perso colore e smalto.

Non rimpiango lui (come potrei? Non ha più chiamato, non una sola volta, per sapere come stavo, se ero viva, per dirmi buon Natale o buon Anno o crepa... che uomo tutto d'un pezzo, complimenti!), ma rimpiango quello che ho provato da innamorata. Se penso che non è bastata una intesa straordinaria a salvaguardare almeno uno straccio di affetto; che una storia così importante si è frantumata in mille schegge che mi graffiano ancora il cuore. Allora mi sembra impossibile rappresentarmi di nuovo felice, partire per una nuova avventura con le ali ai piedi. Adesso ai piedi sento il peso di una disillusione così feroce che nemmeno sembra più bruciare; per fortuna troviamo sempre il modo di immunizzare, di sopravvivere. Il dolore rafforza lo spirito, dicono. Tutta ginnastica gratuita, dico io; ma non se ne farà troppa? Eppure non riesco a fermarmi. Non riesco a costringermi a dire che mi sono inventata tutto... cioè che per una volta il corpo e la mente viaggiavano assieme ai cento all'ora e che non ero sola, per dio, nel letto, a chiacchierare, e a fare l'amore.

Se si diventa così a trentotto anni, nonostante le migliori intenzioni, cosa diavolo si diventa a cinquanta? Dei mostri come lo sposato & soddisfatto? Come sua moglie?

Che pena mi faccio a parlarti così. Eppure siamo state brave, siamo ancora in piedi. E in questo andare avanti senza nessuna voglia ci deve essere un senso. Ti prego, non dirmi che va tutto a capocchia, che niente ha senso, né la tristezza che opprime, né il rimpianto che rende il passato malinconico e ogni progetto vano.

Questo magone coriaceo deve servire a qualcosa. E se non è così raccontiamoci il contrario: che serve a migliorare, o almeno a guardare gli altri con occhi compassionevoli.

Non credo di poter venire a Roma né questo mese né il prossimo: tra lavoro, Giacomo e desiderio di non vanificare il risultato finale (una linea invidiabile) del mio amore defunto, le mie brutte giornate volano (che contraddizione, che presa per il culo la vita, e se bisognasse davvero ridere di tutto?).

Ti abbraccio

Daria

P.S. Hai letto quel pezzo «Ridere allunga la vita»? Sembrava proprio farina del tuo sacco.

# Quattro

Marco l'aveva vista sulle scale e l'aveva trovata bellissima. Irraggiungibile: saliva i gradini a due a due con un'energia preoccupante. Troppo sicura di sé, il fiato di chi ha ancora parecchi progetti da spendere. Quanti anni aveva? La sua età? Un poco più giovane? A tratti sembrava una ragazza, con quel fisico asciutto, scattante. Ma gli occhi, e lo sguardo, erano da donna: figurarsi se lo avrebbe notato, lui, timido topo da biblioteca. E poi, via, quello non era certo il tipo di lupacchiotta che Marco Alberti si poteva permettere: da anni frequentava per lo più coetanee così così, non proprio zitelle ma quasi, separate che parlavano dell'ex marito come se fosse andato via l'altroieri, mentre si era messo con l'altra da un decennio. Detto fuori dai denti: era molto gettonato tra le quarantenni che non vanno a ruba. Questa vicina di casa così fuori dall'ordinario aveva di sicuro l'agenda intasata di appuntamenti. Eppure di lei l'attraeva qualcosa di profondamente inquieto. E anche il sorriso gentile, che chiedeva scusa di appartenere a un volto così volitivo. Come attaccare bottone? Non essere banale, ma nemmeno artificioso. Invitarla al piano di sotto a prendere un caffè? Una battuta spiritosa davanti ai bidoni della spazzatura?

Per prima cosa doveva cercare di studiare i suoi orari, per incontrarla più spesso. Si sa, da cosa nasce cosa.

A volte.

# Cinque

Cara Daria
la fase scazzo acuto è passata, grazie al cielo. Ho infilato davvero dei mesi grami: hai presente quando ti riproponi di fare un'ora di footing al giorno e non hai nemmeno l'energia per salire al piano di sopra?

Ultimamente il mio umore era sceso così in basso che nemmeno la prospettiva dell'imminente uscita del romanzo riusciva a tirarmi un po' su. Invece ieri, per fortuna, sono scesa a portare la spazzatura. Come sai è la mia attività domestica preferita, perché insegna in modo semplice una verità inconfutabile: che va a finire tutto lì. E chi ti incontro, fra un bidone e l'altro? Il mio vicino di casa, quello che sembra un bambino (un po' grasso) con gli occhiali, un marmocchio che si è buttato sulla capoccia un barattolo di vernice bianca per apparire più grande. Occhi nerissimi, intelligenti e vispi, incorniciati da una massa di capelli grigi, alla faccia della sua età (deve essere più giovane di me, sic!). Ma non divaghiamo. Il topolino ha buttato lì per lì una battuta così spiritosa che per un attimo ci siamo guardati negli occhi con reciproca gratitudine: io per aver riso di cuore in un periodaccio, lui per essere stato ascoltato e compreso. Mi ha servito freddo un umorismo così sottile che se non l'acchiappavo al volo l'avrei perso di sicuro tra le nuvole, dove lui sembra tenere perennemente la testa. Lo incontro spesso per le scale e ogni volta perde un giornale, lascia un sacchetto della spesa nell'atrio, o peggio ancora semina sui gradini pomodori maturi e ortaggi vari. Uno spasso, e pure a domicilio.

Lo terrò d'occhio: mi sembra molto timido, mi sa che se lo voglio conoscere meglio dovrò fare io il primo passo. Che ne dici dell'idea di invitarlo a cena con Ruggero e Mariana, Danila e Maurizio?

A proposito: Mariana sta cuocendo come una pera al forno, me la ricordavo così gratinata solo ai tempi di Angelo: insomma è sempre più stracotta (ricambiatissima) del nostro caro e vecchio Rugi, che non abbiamo mai preso in considerazione, credendolo con un piede nella fossa.

Toppato: è così gasato e rinvigorito da sembrare un leone in mezzo a conigli. Ha anche concepito una rivoluzionaria teoria filosofica sull'immortalità: «Come faccio a morire se sono così felice?»

Danila, invece, esita ad ammettersi innamorata del marmocchio. Stanno insieme dalla mattina alla sera, ma lei sostiene che si diverte punto e basta, che vive solo il presente. Figuriamoci! Si sa dove vanno a finire le ragazze attempate quando decidono di prendere le cose alla leggera: dritte dritte verso un innamoramento tosto e imprevisto. Basta poco per farci capitolare, per esempio qualcuno più determinato (o meno disilluso) di noi. Comunque, questo Maurizio sembra proprio perso di Dani e io e Mariana facciamo il tifo per la loro storia. Speriamo bene… sia chiaro, per casa non vogliamo nessuna complicazione sentimentale: l'infelicità è un appalto poco redditizio del passato, un passato che abbiamo sepolto con badilate di buona volontà. E tu ci stai riuscendo a dimenticare, Daria?

Spero proprio di sì…

Tua semifenice

# Sei

No, non ci sto riuscendo. Anzi, non voglio nemmeno provare. Come prevedevo, passata la fase emergenza, è esploso il dolore. E per far bruciare meglio le ferite, ho ritrovato intatto tutto il mio massimalismo. È finita da mesi, ho deciso io di chiudere la storia (ma sarà la verità e non un'altra pietosa bugia?), so che ho rotto un precario equilibrio, quello che ti fa camminare sulla corda a occhi chiusi ripetendo la formula magica: Il solo possesso è quello del momento. Gli ho lanciato una sfida, chiedendogli di più; gli ho porto gentilmente (o buttato in faccia, dipende dai punti di vista) un guanto e lui non l'ha raccolto. L'ha fatto cadere sul marciapiede e poi con calma (e meritoria razionalità) l'ha buttato nel cestino dei rifiuti, per non deturpare l'ambiente (il suo territorio esistenziale pieno di paletti e divieti).

Peccato, però, che la sua reazione non cambi la mia realtà: io volevo lui, era lui che avevo scelto, lui che mi piaceva un casino. E adesso dovrei convincermi del contrario solo perché non mi amava abbastanza? Ma cosa diavolo siamo, dei buffoni, delle marionette in balia delle vigliaccherie e delle aridità altrui? Non ci bastano già le nostre?

Bada bene, non mi sento affatto un'eroina del sentimentalismo sfregiato, né una vittima dell'orco cattivo. Semplicemente, non posso e non voglio consolarmi (non sei tu che hai definito le consolazioni una solenne fregatura?).

E poi, nell'allegra comune di Roma, mi sa che pullulano le alternative all'infelicità recidiva. Per favore, mettete via una fetta di questa torta anche per me, per i miei tempi migliori, quando riuscirò a raccontarmi nuove frottole (o favole, ancora una volta dipende dai punti di vista, ovvero dall'umore giusto).

Sono contenta per Mariana e per Danila, ma soprattutto sono arcicontenta per te. Ti conosco cara Arabaus, se posi gli occhi su qualcosa o qualcuno non è mai per distrazione, o per riposare la vista.

Inoltre, l'esordio spazzaturoso mi sembra fenomenale.

Tifo per il bambino grasso.

Tua incorreggibile (al momento) e incorruttibile (visto il mercato attuale delle tentazioni)

Daria

# Sette

Così Danila le lasciava, chi lo avrebbe mai immaginato. Mariana guardava Ilaria e l'avrebbe capito anche un somaro che stava male, nonostante le battute d'ordinanza per disinnescare la tensione.

A distanza di un anno e otto mesi, Dani lasciava la tribù: certo la casa le aveva portato fortuna, aveva avuto proprio ragione lei. Ma che tristezza, non sarebbe stata più la stessa casa senza Danila. E Ilaria, che aveva fatto tanto per le amiche, finiva per ritrovarsi la più sola delle tre. Per cui Mariana non sarebbe partita per il weekend, non se la sentiva di lasciarla sola, anche se sapeva che Ilaria avrebbe protestato, «Ma stai scherzando Mariana, sai che ti dico, mi fai un favore se ti levi dai piedi, così per due giorni mi godo io i pupi, sempre che non mi sputino in faccia, non sono mica zia Nani». Già, per i gemelli era stata una tragedia. E Titta... a Titta non aveva ancora avuto il coraggio di dirlo. Zia Nani li salutava, certo con mille promesse di essere lì spessissimo, ma gli addii sono sempre addii e sono comunque strazianti. Non erano più tre piccole indiane, erano rimaste in due: una capa solitaria e una capa di rapa, che piantava le tende sempre più spesso presso la concorrenza (lo studio di Ruggero). Eppure era giusto così: Danila avrebbe affermato il suo vero talento, altro che star, altro che Danila Nero, lei era nata per fare la felicità di un uomo, per avere dei figli, per starsene tranquilla fra tisane, oroscopi, compiti dei bimbi, rappresentazioni teatrali fatte per gli amici e i poveri del villaggio, letterine colorate da spedire.

Povera Ili, era più pallida del solito, la vedeva stanca in quel periodo, il romanzo stava andando bene, era da poco entrato negli ultimi posti della classifica, ma le aveva succhiato troppe energie, Ilaria non era adatta a sforzi eccessivi. Danila le lasciava, e persino Teresa, notoriamente sensibile solo alle patte maschili, aveva i lucciconi. Maurizio, che grazie al cielo gli attori li vedeva solo al cinema, si era rivelato un tipo affidabilissimo, molto più maturo della sua fascinosa over trentacinque.

Insomma, lui non si limitava a fantasticare: dopo qualche mese di passeggiate romantiche, allegri cinguettii e gioie della carne, aveva chiesto a Dani di sposarlo, di andare via da Roma e di aprire un ristorante a Bressanone, dove vivevano i genitori di entrambi. E allora Danila, che forse non vedeva l'ora di mollarla, quell'assurda vita da attrice senza parti, aveva solennemente annunciato alle amiche: «Vado a farla sul serio la moglie e la mamma, basta con la fiction». Che colpo di scena.

Ilaria non aveva previsto nulla di così fulmineo, ma aveva riconosciuto che se si fosse lasciata scappare quel ragazzo saggio, sarebbe stata del tutto scema. Un po' meschinamente aveva anche pensato che correvano troppo, e che tra il dire e il fare c'è di mezzo il mare. Invece i parenti erano scesi in campo per aiutare i piccioncini, e in quattro e quattr'otto avevano trovato una licenza da rilevare a buon prezzo. In meno di quaranta giorni Maurizio e Danila avevano firmato il contratto: partivano entusiasti per la loro grande avventura.

Povera capotribù, che aria spennacchiata aveva, da pulcino spaurito, che tentava invano di trattenere le lacrime. Dov'era andata a finire l'Ilaria fiera e tosta, l'Ilaria che voleva far convergere tutta la felicità del mondo in quella casa, non solo per se stessa, ma anche per chi aveva avuto il buon gusto di seguirla? Aveva un'espressione smarrita, come Snoopy quando perde la bussola: i tiri mancini della sorte dirottavano altrove una grossa fetta della torta-felicità: ciao Danila. Dani, predestinata a due cuori e un rustico, sicuramente non avrebbe rimpianto nulla di quel lusso, nessun bene materiale, eccetto loro che pesavano centotré chili in due.

Oddio, i gemelli avevano iniziato a frignare. E il capo indiano, che era riuscito faticosamente a trattenere lo stranguglione, aveva iniziato a piangere come una casalinga che trita una cipolla.

«Porca pupazza Dani, guarda cosa mi combini. Non mi facevo un pianto così da decenni. Sembrerò un mostro.»

«Impossibile.»

«Grazie. Sei sempre un'amica, nonostante la pessima idea di andare via. Secondo te piango perché sento che non troverò mai il principe azzurro della ristorazione?»

«Figuriamoci... Bressanone pullula di bei maschioni, tutti amici di Maurizio, tutti desiderosi di conoscere le mie amiche.»

«Non scherziamo neanche, al piano di sotto c'è già chi si strugge per Ilaria. Certo dovrebbe darsi una mossa: come dice Ruggero, 'Meglio un ristoratore oggi che un traduttore domani'.»

«Mariana questa battuta è tremenda. Tu quell'uomo me lo rovini. Ma adesso non ho voglia di infierire, per una volta lasciatemi essere sentimentale: sono tristissima perché sarà impossibile trovare un nuovo membro della tribù degno di Danila.» A chi assegnare la sua tenda, le armi che lei non usava mai?

«Ili, mi fai star male.»

«Sì, per favore torna in te, basta con la melensaggine, anch'io che sono un cuore di mamma, non ce la faccio più. Qui bisogna allentare la morsa del magone: che ne dite di aiutare Danila a fare i bagagli?»

«La solita prosaica di una proffia di matematica. Comunque è una buona idea...»

«A proposito Ili, volevo lasciarti questo vestito di velluto rosso.»

«Sei sicura? Ci tenevi tanto...»

«Ma ragioniamo: quando lo metto a Bressanone? Mi ci vedi? Invece ti servirà quando andrai in Tv a parlare del tuo romanzo. E questo è per i gemelli, mentre per la Titta c'è Bibicio, il mio bambolotto guercio. E questo cartoncino è un invito per tutti e tre i bimbi, per le loro vacanze estive... così potrai startene un po' in pace con Ruggero. Allora, affare fatto?»

«Affare fatto!»

«Affare fatto!»

Affare fatto. Ma quanti affari si fanno nella vita di adulti, quanto durano poco i surrogati, i giochi infantili. Beata Titta che giocherà con Bibicio convinta che duri per sempre. Chissà se il gioco con Ruggero sarebbe andato avanti: con Angelo non era durato, con Aldo un tonfo a tutti gli effetti. Tutti se ne vanno, prima o poi, tutto scorre senza lasciar traccia. Anche gli indiani non lasciavano tracce. Già, non ci aveva mai pensato. Che voglia di piangere con Ilaria, senza dire una parola, per ore. Basta.

«Basta! Ragazze, è una vergogna: ma dico, Dani va a sposarsi, mica a morire ammazzata.»

«Appunto, ho pure beccato un giovinetto, chi ha orecchie per intendere intenda.»

«Infatti piangiamo perché crepiamo d'invidia. Mariana ha dovuto ripiegare su un catorcio d'uomo, con un piede nella fossa; io ormai sono una zitella sull'orlo di una crisi di nervi. E ci credo, a furia di fare l'accompagnatrice di scrittori famosi intronati come campanari.»

Sbagliava, o era il campanello? Strano, a quell'ora. No, non sbagliava.

«Chi è?»

Sulla porta, un po' intimidita, c'era Roberta. Più carina e magra del solito: con sé aveva valigie, sacchi e una cesta con un micio alquanto racchio.

«Dani mi ha fatto sapere che si libera il suo posto...»

# Ringraziamenti

Ringrazio tutte le mie amiche per avermi ispirato l'idea del salvataggio: senza di loro mi sentirei persa. Ringrazio Carla Tanzi che ha creduto in questo libro. Ringrazio Anna Pastore per la sua riservata competenza e i suoi suggerimenti sempre azzeccati. Ringrazio l'intera squadra femminile della Sperling & Kupfer, una conferma di ciò che già sapevo: con le donne si lavora benissimo (e ci si diverte pure). Ringrazio i volontari, gli impiegati e i ragazzi di Exodus che mi hanno fatto conoscere un'altra idea di solidarietà. Ringrazio la mia gatta Salina che ha sempre voglia di giocare. E per finire ringrazio i miei genitori, per quello che sono e per avermi insegnato tante cose belle: per esempio che la bontà ha più fantasia del cinismo.

Alessandra Appiano
torna in libreria
con il nuovo attesissimo romanzo

di cui anticipiamo le prime pagine

# Uno

L'AVREBBE rivisto. A Taormina per il Festival del cinema, fra un paio di mesi: lei, Costanza, in competizione con *Piccoli motivi*, e lui come ospite d'onore, a ricevere il premio speciale per la sua fulgida carriera. Luca Piazzi, «un maestro più che un regista», «il raffinato artefice di una preziosa collezione di autentici capolavori», come scrivevano troppi critici e giornalisti privi di fantasia.

Erano tre lunghi anni che non le capitava di incontrarlo, a dimostrazione del fatto che le pene d'amore sono sempre una cosetta ridicola e soggettiva, di cui al buon dio non importa un fico secco. Ma il destino, proprio adesso che la speranza andava esaurendosi, prevedeva per loro un incontro a sorpresa, in uno dei posti più romantici del mondo: profumo di mare e zagare, giardini fioriti in sontuosi palazzi barocchi, stradine affollate di turisti spensierati, luce accecante del Sud, colori e sapori in ogni angolo, sensualità esaltata da panorami che mozzano il fiato.

Quando si dice che la vita è beffarda. La loro storia d'amore si era schiantata contro un muro di tensione insostenibile: un anno e mezzo di passione assoluta e malata, completamente sbilanciata a sfavore di Costanza. I geni compresi vogliono accanto discepoli veneranti e donne mansuete. Prima regola: evitare come la peste le discussioni inutili. Seconda: nella coppia il vessillo dell'ambizione lo tiene in pugno uno solo. Le amanti degli uomini speciali devono sapersi accontentare, accampando pretese sensate. Costanza a un certo punto aveva alzato il tiro. Aveva chiesto partecipazione e riconoscimento. Che esagerazione! Da quel giorno era diventata invisibile, come se all'improvviso un banco di nebbia e polvere l'avesse nascosta a Luca per sempre.

Era stato un po' come chiedere un aumento di stipendio per ritrovarsi in tasca la secca lettera di licenziamento: questa è un'autentica lezione, altro che università. Mai aspettarsi troppo da sé e dagli altri, mai forzare il corso degli eventi cercando chance per renderli migliori. Quello che arriva si tiene, non si può abbellire con ristrutturazioni su misura, firmate dall'architetto in voga. Ed è folle pagare un prezzo esorbitante per cambiare il progetto originario, va già di lusso se le fondamenta della casa reggono, se fuori non tira vento e aria di bufera.

Costanza ricordava benissimo l'ultima sera in cui si erano visti, un fotogramma del loro film dal finale amaro, in definitiva una trama simile a troppe altre per essere rivendicata come originale. Le nubi del disagio sentimentale stazionano fisse nei cieli metropolitani, e lei sapeva delinearne i contorni con mano sicura, tratteggiando le complicate vicende di una folla sempre più vasta di egoisti senza appello dal cuore acciaccato. Era la sceneggiatrice del momento, era richiesta da registi etero e omo, piaceva a fighetti in mocassini scamosciati e a femministe in palandrane etniche, aveva ascendente su brizzolati borghesi in blue jeans e giovani schiodati, era apprezzata da single cosmopoliti e lesbiche radical chic. Solo il grande Luca Piazzi sembrava non fare caso al suo successo professionale. Mai una telefonata per dirle «brava» o «complimenti»: del resto l'aveva bocciata come compagna di vita, perché prendersi la briga di promuoverla nel resto?

L'epilogo della loro storia era un buco nero difficile da mettere a fuoco con lo zoom della macchina da presa. I dolori autentici sono dei macigni speciali, devono andare in fondo al pozzo, nell'anfratto più oscuro dell'inconscio, e starsene lì buoni e tranquilli a sedimentare. Ci vuole un sacco di tempo prima che tornino a galla alla luce della comprensione. Il suo, di dolore, era quasi arrivato alla fine del percorso, se lo sentiva, ma era ancora un macigno-magone squisitamente privato, un senso di perdita che non voleva e non poteva condividere con nessuno.

Perché nessuno (sceneggiatrici comprese) sa spiegare sul serio come si soffre in amore. Per quale motivo si voglia rimanere nudi, senza difese né ripari. O prevedere l'affanno, lo smarrimento, il panico che arriva a tratti e non si può sedare.

Non ci sono appigli giustificativi, sfondi comuni, non è un'immane tragedia collettiva, un terremoto o una guerra; non è una colossale ingiustizia sociale da combattere in nome di nobili ideali. È solo una sfrontata e vergognosa follia: per gli errori sentimentali non sono previsti corsi di recupero, ma bislacche carceri personali dove scontare le proprie pene.

Come si aggiusta un cuore rotto?

CONTINUA

Finito di stampare nell'aprile 2005
presso la Mondadori Printing S.p.A.
Stabilimento N.S.M. di Cles (TN)
Printed in Italy